VERBRANNT

MELISSA F. MILLER

Übersetzt von
ELKE WILL

BROWN STREET BOOKS

Brown Street Books
c/o Melissa F Miller Inc
4900 Carlisle Pike
Suite 282
Mechanicsburg, PA, USA 17050

1

O livia Santos schritt durch die Tiefgarage zu ihrem Leihwagen und kontrollierte routinemäßig ihren Puls. Ihr Ruhepuls lag üblicherweise bei 57 Schlägen pro Minute. Aber jetzt, da sie in mäßigem bis zügigem Tempo lief, war er mit 114 Schlägen pro Minute ungewöhnlich hoch. Sie schrieb dies eher ihrer Besorgnis als der körperlichen Anstrengung zu. Oma Julies Pflegeteam zeigte sich fröhlich und optimistisch über ihren Fortschritt und ihrer Prognose. Aber die gezeichnete, müde Frau im Bett war weit entfernt von der dynamischen, kämpferischen Großmutter, die sie kannte.

Sie suchte den Garagenboden ab, um sicherzustellen, dass niemand im Hintergrund kauerte, um sie überfallen und um sich den Grundriss und die Lage der Ausgangstreppen einzuprägen. Während sie die Schlüssel zu Tante Haileys Kombi aus ihrer Hosentasche herausfischte, wurde ihr klar, dass ihr Verhalten fast an Verfolgungswahn grenzte. Helles Tageslicht, überwachtes Parkhaus, sichere Umgebung.

Obwohl keine akute Gefahr drohte, fühlte sie sich durch die erhöhte Wachsamkeit besser und es beruhigte sie. Zwar konnte sie die Genesung ihrer Großmutter nicht beschleunigen, aber sie *konnte* Vorkehrungen treffen, um sich selbst zu schützen. *Kontrollfreak.* Sie hörte Mateos bissigen Ton im Hinterkopf. Die Bemerkung ihres Mannes war vielleicht nicht nett, aber er hatte nicht ganz unrecht.

Der Aufzug in der nordwestlichen Ecke der Tiefgarage rüttelte zum Stillstand und die Türen öffneten sich. Sie ließ ihre Augen über den Mann schweifen und schloss ihn als Bedrohung aus: Groß, teurer, maßgeschneiderter Anzug, friedlich. Sie setzte ihren Weg zum Auto fort.

Es tat ihr in der Seele weh, Oma Julie so schwach und abhängig von anderen Menschen zu sehen. Und sie konnte es in den Augen ihrer Großmutter lesen – auch für sie war diese Situation unerträglich. Sie wünschte, sie könnte länger bleiben. Aber das ging leider nicht. Man konnte von Glück sagen, dass sie es geschafft hatte, drei ganze Tage von Mateo und ihrer Arbeit wegzukommen. Ihre Kehle schnürte und sie unterdrückte einen kleinen Husten, während sie die Wagentür aufschloss.

»Ms. Santos?«

Sie drehte sich erschreckt in Richtung Stimme um, stellte sich in Kampfpose und wünschte, sie hätte etwas Tödlicheres, als ein paar Schlüssel in der Hand.

Sie atmete langsam und tief. Sie wusste, wie man mit Schlüsseln viel Schaden anrichten kann. Oder mit einem Schnürsenkel. Sogar mit einem Strohhalm. Die schnelle Bestandsaufnahme alltäglicher Gegenstände, mit denen sie töten konnte, brachte sie mehr zur Ruhe als jedes Zen-Mantra.

Ihre Mordlust hatte ihr wohl auf dem Gesicht gestanden. Der Mann, der sich vom Aufzug her näherte, blinzelte schnell und hatte beide Hände in die Luft gehoben. Als er näher kam, analysierte sie das perfekt geschnittene blonde Haar, die großen braunen Augen, den karierten Kaschmirschal und den Ausweis, der an einem Band um seinen Hals baumelte.

Sie atmete aus und bewegte ihren Hals hin und her. »Sich an mich heranzuschleichen ist eine ausgezeichnete Gelegenheit, sich umbringen zu lassen, Braden.«

»Ich...äh...es tut mir leid. Ich wollte Sie nicht erschrecken–«

»Das haben Sie nicht. Glauben Sie mir, dass Sie es gespürt hätten, wenn das so wäre.«

»Nun gut. Wie auch immer, wie geht es Ihrer Großmutter? Hüftprothese, nicht wahr?«

Sie senkte ihr Kinn und durchbohrte ihn mit einem Blick. »Ich glaube nicht, dass Senatorin Anglin ihren Seniorberater ausgeschickt hat, um sich persönlich über das Befinden meiner Großmutter zu erkundigen. Was wollen Sie?«

Er schluckte hörbar und scharrte mit den hochglanzpolierten Schuhen gegen den Betonboden. Sein wandernder Blick und das nervöse Bein machten ihn mehr als nur verdächtig. *Super.* Sie hatte nicht um ein Treffen gebeten und absolut keine Lust, sich im Schatten des Kapitolgebäudes auf einen Handel einzulassen – vor allem nicht mit Braden oder wie der Typ da hieß.

»Ich ... äh ...«, stammelte er.

Cool bleiben. Er kann es sicherlich nicht!

Andere, die zu ihrem Auto gingen, würden es bestimmt nicht merken. Ihr Blick wandte sich von Braden ab in Richtung Aufzug. Es sah nicht so aus, als ob ihn jemand beschatten würde, zumindest nicht von jemandem, der klug genug wäre, die Treppe zu nehmen. Aber die Tatsache, dass er sie verfolgt hatte, war beunruhigend genug.

Sie glättete ihr Stirnrunzeln und schenkte ihm ein kleines Lächeln. »Meine Großmutter macht Fortschritte. Bitte richten Sie der Senatorin aus, dass ich ihre Besorgnis schätze.« Ihr Ton signalisierte, dass damit das Gespräch beendet war.

»Ähem, da gibt es noch etwas. Die Senatorin möchte Sie von einem Problem in Kenntnis setzen.«

»Welche Art von Problem?«

»Die Informationen, die Sie über die Ausschreibung des Nuevo León Mobilfunkmasts geliefert haben, war falsch.«

Sie zog eine Augenbraue hoch. »Das kann nicht sein.«

Sie ließ die Frage beiseite, wie Senatorin Anglin in den Besitz ihres geheimdienstlichen Berichts gekommen sein könnte. Sie war nicht naiv genug, zu glauben, dass es keine undichten Stellen gäbe.

»Der Vertrag ging nicht an Móvil Medios.«

Sie biss sich auf die Unterlippe. »Was?«

»Er ging an QL.«

QL. Qīng Leng, Festlandchinas größter Handyhersteller wurde weithin als Agent der chinesischen Regierung betrachtet. Ihre kostengünstigen Telefone waren allgegenwärtig und boten – theoretisch – der chinesischen Regierung eine einfache Möglichkeit, Zugriff auf die privaten E-Mails, Textnachrichten und Social-Media-Beiträgen von Millionen von Bürgern zu erhalten. Trotz QLs Beharren, dass es sich um eine private Aktiengesellschaft handelte, häuften sich die Beweise für Spionagefälle.

Die Vereinigten Staaten von Amerika hatten die Hardware und die Technologie dieses Unternehmens mit einem Einfuhrverbot belegt. Aber das hatte QL nicht davon abgehalten, auf den lateinamerikanischen Märkten Einzug zu halten. Ihre Geräte verbreiteten sich in Süd- und Mittelamerika und hatten es schließlich bis in den Norden, nach Mexiko, geschafft. Die US-Regierung setzte Mexiko unter Druck, QL vollständig aus Nordamerika herauszuhalten.

Doch Business ist Business, und QL bot dem Land als Gegenleistung zu ihrer Präsenz eine modernere Mobilfunkinfrastruktur des Landes, und Mexiko war immer noch sauer über die harte Vorgehensweise der US-Regierung bezüglich der Grenzübergänge. Mexiko schickte die US buchstäblich zum Teufel. Die Diplomaten in Mexiko-Stadt hatten eine Vereinbarung erarbeitet, um mindestens einen der QL-Maste in den südlichen Teilen des Landes zu erhalten.

Sie schüttelte den Kopf. »QL durfte nicht an einer Ausschreibung für Projekte teilnehmen, die sich im

Umkreis von hundertfünfundzwanzig Kilometern von der US-Grenze befanden.«

»Ich weiß, dass Sie das von Ihrem Informanten haben, aber entweder war Ihr Informant falsch unterrichtet oder es hat sich etwas geändert. QL war das höchstbietende Unternehmen. Die Senatorin hat die Unterlagen mit ihren eigenen Augen gesehen.«

Olivia fragte sich, wie eine Senatorin der Vereinigten Staaten, selbst wenn sie im Unterausschuss für Kommunikation, Technologie, Innovation, und Internet sitzt, an einen Vertrag der mexikanischen Regierung mit einem chinesischen Unternehmen herankommt, aber es wäre vielleicht besser, wenn sie es nicht wüsste.

»Meine Informationsquelle ist zuverlässig.«

Sie würde ihm nicht auf die Nase binden, dass *sie selbst* diese Quelle war. Sie hatte die vom Minister für Telekommunikation von Mexiko festgelegte geographische Einschränkung mit ihren eigenen Augen gesehen.

Der persönliche Berater räusperte sich. »Die Senatorin dachte, Sie sollten es erfahren. Sie lässt Ihnen mitteilen, dass Sie sehr vorsichtig sein sollen, angesichts...Ihrer Situation.«

Sie verdrängte ein Lachen. Als ob sie ihre Situation vergessen könnte. Sie war eine illegale Agentin, auch NOC genannt. Eine CIA-Agentin mit nicht-offizieller Deckung ohne formelle Bindung an die Regierung.

Wenn sie wegen Spionage in Mexiko-Stadt gefasst würde, wäre sie auf sich allein gestellt. Es gab keine diplomatische Immunität für einen NOC. Es war der erste Gedanke, den sie jeden Morgen hatte, wenn sie aufwachte und der letzte, bevor sie schlafen ging.

»Teilen Sie der Senatorin mit, dass ich ihre Vorwarnung schätze. Ich werde der Sache auf den Grund gehen.«

Sie langte nach der Autotür und packte den Griff.

»Noch etwas. Die Senatorin möchte, dass Sie einen kleinen Umweg machen.«

Sie spitzte die Lippen. »Ich bin trainiert.«

»Nennen Sie es eine Auffrischung.«

»Besteht eine spezielle, glaubwürdige Drohung gegen mich?«

Er wurde kreideweiß. »Ich, äh, weiß nicht.«

»Ich muss es aber wissen.« Sie drehte sich um und blickte ihm starr in die Augen.

Er wandte den Blick ab und hob eine Schulter zu einem halben Achselzucken. »Ich weiß es wirklich nicht. Aber was ich weiß, ist, dass in letzter Zeit ein paar hochrangige Amerikaner mit oder aus ihrem Auto gekidnappt worden sind. In Anbetracht der Tatsache, dass Sie als verwöhnte Gattin eines multinationalen Managers gelten, sind Sie die ideale Zielperson.«

Seine Blick schweifte an ihr vorbei. Sie las seine Gedanken. Ihr Wert als Zielperson beschränkte sich nicht auf ihr Vermögen oder den sozialen Status ihres Ehemannes. Sie war eine sportliche, gesunde, blauäugige Blondine. Wenn es ein cleverer Menschenhändler schaffen würde, sie mit der richtigen Droge süchtig zu machen und sie an den richtigen, abgelegenen Ort zu bringen, würde man für sie einen hohen Preis zahlen.

Sie schluckte. »Verstanden. Das nächste Mal, wenn ich in den Staaten bin, werde ich bei *The Farm* einen Termin für einen Auffrischungskurs ausmachen. «

Er schüttelte den Kopf. »Sie haben bereits einen Termin. Heute.«

»Das geht nicht. Mateo hat ein Flugzeug geschickt, um mich nach Hause zu bringen. Ich bin gerade auf dem Weg zum Flugplatz.«

»Die Senatorin hat alle Fäden gezogen, um Sie im Laufe des Tages mit den Potomac Private Services in Kontakt zu bringen. Sagen Sie Ihrem Mann, dass es Ihrer Großmutter schlechter geht und Sie noch einen Tag bleiben wollen.«

Sie zuckte bei der Wahrheit hinter der Lüge zusammen, nickte aber zustimmend. Wenn tatsächlich eine konkrete Gefahr für sie in Mexiko-Stadt bestand, dann wäre es nur klug, ihr Training etwas aufzufrischen.

»Aber wieso ein Sub-Unternehmer? Ich kann doch auch zu Langley gehen und das intern behandeln.«

»Die Senatorin meint, es wäre besser so.«

Was zum Teufel geht hier vor?

Es war sinnlos, einen politischen Berater über die Details zu befragen. Allenfalls würde er lügen.

Er begann, sich zu entfernen.

Sie rief hinter ihm her. »He, schneiden Sie durch den Stanton Park ab und gehen Sie dann ein Stück zurück zum Senatsgebäude.«

Er drehte sich um und blinzelte ihr zu. »Wieso?«

»Wenn Sie Ihren Metropass bei der Armory Station einstecken, können Sie eine elektronische Spur erzeugen.

Der Sorgenfalten auf seinem Gesicht nach zu urteilen, war er nicht zu Fuß in die Tiefgarage gegangen. Sie seufzte. Er eilte zum Aufzug und schlug auf den Rufknopf, als ob er nicht schnell genug von ihr wegkommen konnte.

Sie wartete, bis die Aufzugskabine angekommen und Braden hineingegangen war. Während sich die Türen schlossen, holte sie ihr Handy heraus, um Mateo anzurufen. Sie hatte keine Hoffnung ihn persönlich zu sprechen, da sich sofort die Voice-Mail einschaltete. In den letzten Tagen war das immer so. Man hätte meinen können, er wolle nicht mit ihr reden. Sie hörte seiner Stimme zu, die sie aufforderte, eine Nachricht zu hinterlassen, zuerst auf Mandarin-Chinesisch, dann in Spanisch und schließlich in Englisch.

»Mateo, ich bin's. Ich muss noch einen Tag länger

in Washington bleiben. Ich hoffe, dass du den Flug verzögern kannst und dass dein Pilot nicht sauer ist, aber meine Oma...« Sie stockte, bevor sie weitersprach. »...Es geht ihr nicht gut. Ruf mich an, damit ich weiß, dass du diese Nachricht erhalten hast. Ich liebe dich«, und damit beendete sie die Nachricht und ließ das Handy wieder in ihre Tasche fallen.

2

Potomac Private Services Trainingsanlage
Nicht in der Karte eingezeichneter Standort an der Grenze
von Virginia und West Virginia
Montag, 10:30 Uhr

Trent Mann hörte, wie der Jeep den Kies auf den Parkplatz hinter ihm aufwirbelte, aber er lenkte seine Aufmerksamkeit nicht von seiner Zielscheibe ab. Er konzentrierte sich auf die Figur, verengte seinen Fokus und nahm sie ins Visier, bis die ganze Welt nach unten zum Rumpf auf dem Papier abrollte. Er atmete ein. Dann, während er ausatmete, drückte er vier Patronen hintereinander ab, um seine Waffe zu leeren, bevor er die Sicherheit einrastete, um über seine Schulter zu schauen.

Sein Chef, Jake West, griff nach dem Überrollbügel und hievte sich aus dem Jeep. Er schlenderte den Hügel hinauf und kam vor Trents Schulter zum Stehen. »Na, dann wollen wir uns mal dein Ergebnis ansehen.«

Trent grinste und ging zur Zielscheibe, um das Ergebnis abzulesen. Jake folgte.

»Ich sehe, du hast nichts von deiner Präzision verloren.«

Trent fixierte weiter die Zielscheibe. Jace hatte recht. Er war immer noch präzise. Er hatte auf das Herz gezielt, und keiner der vier Schüsse hatte sein Ziel verfehlt. Das dritte Loch überlappte genau mit dem ersten. Es gab eine Zeit, in der er beim ersten Anblick einen Adrenalinstoß bekommen hätte. Jetzt, nichts.

»Echt jetzt, Mann. Das ist beeindruckend.«

Trent zuckte mit den Schultern, steckte die Pistole ins Schulterholster und ignorierte den Druck des heißen Metalls gegen sein dünnes T-Shirt. Er bewegte den Kopf hin und her. »Ich gehe davon aus, dass du nicht hier hochgefahren bist, um dich von meiner Schützenkunst beeindrucken zu lassen. Was gibt's?«

»Wollte dich wissen lassen, dass du heute Morgen einen Schüler hast.«

»Nein, ich habc hcute frei.«

»Es war eine kurzfristige Ergänzung.«

»Wir akzeptieren keine kurzfristigen Ergänzungen.«

»Es ist ein Gefallen für Senatorin Anglin.«

Er hob die Augenbrauen an. »Es ist mir weiterhin neu, dass wir Senatoren Gefälligkeiten erweisen.«

»Einer ihrer Berater hat uns heute Morgen angerufen. Er hat uns gebeten, eine Ausnahme zu machen und einen Fahrkurs für Ausweichmanöver für eine Frau namens Olivia Santos einzuschieben.«

Er schnitt eine Grimasse. »Wähler?«

»Nein. Ihre Mutter war mit der Senatorin in der Studentinnenverbindung am Trinity-College. Santos lebt in Mexiko-Stadt.«

»Gefährlicher Ort.«

Jake nickte. »Besonders für eine hochrangige Zielscheibe.«

»Hochrangig? Wieso?«

»Sie ist mit dem Vizepräsidenten der lateinamerikanischen Märkte für ein paar Telekommunikationsunternehmen verheiratet. Er ist mexikanischer Staatsbürger und arbeitet für ein chinesisches Konglomerat. Sie haben mehr Geld als Midas.«

Trent dachte eine Minute nach. »Also, befürchtet man, dass sie sich in Gefahr befindet?«

»Ja.«

»Um welche Art von Befürchtungen handelt es sich? Eine glaubwürdige Bedrohung oder einfach nur eine nervöse reiche Dame?«

»Ich weiß es nicht. Ist das wichtig? Wie du bereits sagtest, du hast heute keine anderen Schüler. Prüfe sie auf Herz und Nieren. Grundlegender Fahrkurs mit Brems- und Ausweichmanöver. Wie man feststellt, dass man verfolgt wird, wie man einen Verfolger abhängt, nichts Weltbewegendes. Es wird ein paar Stunden dauern, und wenn du Glück hast, sieht sie auch noch gut aus.«

Trent zog ein Gesicht. »Wenn ich Glück habe, hängt sie mir an den Ohren. Einige dieser Manager-Weiber sind einfach–«

»Schrill, anspruchsvoll?«

»Ich wollte sagen, zickig, aber ich denke, das ist der Grund, warum du im Gegensatz zu mir einen Haufen Geld verdienst.«

Jake kicherte. »Sei nett und spiel ein bisschen mit ihr, Trent. Wir müssen die Senatorin bei Laune halten. Sie sitzt im Geheimdienstausschuss.«

»Ich weiß Bescheid, Bruder.«

Jake klopfte ihm auf den Rücken und joggte zu seinem Jeep zurück. Trent sah ihm hinterher und dachte nicht zum ersten und wahrscheinlich nicht zum letzten Mal, froh zu sein, nicht Jakes Job zu haben.

Wie konnte ein ehemaliger Rettungsspringer der Luftwaffe seine Tage damit verbringen, Politikern den Rücken zu kratzen, mit Vorstandsvorsitzenden zu plaudern und sich mit Bergen von Papierkram zu beschäftigen, die sich in seinem Büro auftürmten? Jake behauptete, dass Rettungsspringer regelmäßig mit anderen Behörden bei Rettungsmissionen – sogar mit Zivilisten – zusammenarbeiteten. Daher hatte er gelernt, diplomatisch zu sein.

Besser Jake als er. Er war ein einfacher Typ bei der Spezialeinheit der US Navy für Terrorismusbekämpfung und Geiselbefreiung, kurz SEAL Team 6, genannt. Ihr einfacher Black Squadron Scharfschütze/Aufklärungs-/Geheimdienst-/ Überwachungsoperator. Oder vielmehr *war* er es. Im Augenblick wusste er nicht genau, *was* er eigentlich war. Anscheinend Fahrlehrer. Und verdammt glücklich, dass Jake und die Jungs von Potomac ihm einen weichen Landeplatz gegeben haben. Aber war das – für immer?

Er wusste, dass er nicht für viel mehr bereit war. Noch nicht. Er war immer noch nicht über Carla hinweg.

Carla.

Allein beim Gedanken an ihren Namen, der wie ein Echo in seinem Kopf widerhallte, schoss ihm ein schweißtreibender Schmerz in die Schläfe. Mit beiden

Händen drückte er gegen den Kopf und schloss die Augen, um diese Flut von Bildern zu verdrängen, die ihm immer in den Sinn kam, wenn er an sie dachte.

Abuja, Nigeria. Juli. Mitten in der Regenzeit. Stürmische Regenfälle. Ein Insidertipp zu einem Komplott von Boko Haram, die Botschaft zu bombardieren.

Carla schleicht sich raus, um sich mit einem Informanten in einer Buschbar zu treffen. Sie hätte nicht ohne ihn gehen sollen. Sie waren ein zweiköpfiges operatives Team. Aber der Informant, ein Pfaffe, bestand darauf, allein zu kommen. Sie war bestausgebildet. Eine starke, erfahrene Geheimagentin. Eine bessere Nahkämpferin als er. Er konnte ihr keinen Vorwurf für diese Entscheidung machen. Er hätte dasselbe getan.

Aber sie kam nicht zurück.

Dann kam das Paket. Carlas abgetrennte Hände in einem Karton. Er fand den Rest von ihr in einer abgelegenen Höhle, Wochen später, nachdem er den undurchdringlichen Wald um Aso Rock durchkämmt hatte.

Die Bilder wurden unscharf und verschwommen. Seine Brust verengte sich und er rang nach Luft. Er kauerte auf dem unebenen Boden, bis das Gefühl des Ertrinkens verschwand und sich seine Atmung stabilisierte. Mit zitternder Hand strich er sich über die schweißgetränkte Braue und fuhr sich dann durch sein kurzes Haar.

Scheiß drauf! Dafür hatte er jetzt wirklich keine Zeit. Jetzt sofort musste er erst einmal seine Waffe und seinen Körper reinigen. In dieser Reihenfolge. Sich zu Olivia Santos' Fahrtraining mit dem beißenden Geruch von verbrannten Schussmitteln zu präsentieren, der an ihm klebte, war bestimmt nicht Jakes Vorstellung von Diplomatie.

3

Olivia fuhr auf den Parkplatz von Potomacs unbefleckter, schwer zu findender Anlage und würgte den Motor ab. Sie war stocksteif und müde. Die Gangschaltung von Tante Haileys Wagen war schwerfällig und sie hatte während der langen Fahrt damit gekämpft. Der Verkehr am Vormittag war wie immer zähflüssig und weil sie befürchtete, dass ihr Braden zu ihrem Termin gefolgt war, hatte sie sich entschlossen, eine kurvenreiche, kreisförmige, mautfreie Umgehungsstraße durch die Hügellandschaft von Virginia und Ost-West Virginia zu nehmen, um die Mautstellen der E-Z-Karte und den damit verbundenen, elektronischen Fußabdruck zu vermeiden. Eine gute operative Wahl, aber eine, die ihre Reise verlängert hatte.

Die Strecke über die Nebenstraßen war ein kleiner

Versuch, den Anschein zu erwecken, dass sie ihre Kontrolle zurückzugewonnen hat. Die Nachricht, dass sie womöglich eine Fehlinformation an Langley weitergegeben haben könnte, zehrte an ihr. Und die Anmerkung, dass sie eine Zielperson sein könnte, trug nichts dazu bei, ihre verwirrten Nerven zu beruhigen. Aber vor allem beunruhigte sie, dass sie es versäumt hatte, das Hauptquartier zu kontaktieren.

Sie hätte sich unmittelbar nach dem Kontakt von Senator Anglins Berater melden müssen. Aber sie konnte sich einfach nicht der Tatsache entledigen, dass sie von einem nervösen politischen Berater über den QL-Vertrag erfahren hatte und nicht von ihren Chefs der Division Westliche Hemisphäre. Diese krasse Tatsache schwebte über ihr wie die fernen Shenandoah-Berge. Wenn sie Langley nicht trauen konnte – wenn sie ihr nicht den Rücken freihielt – dann wäre sie wirklich und wahrhaftig auf sich allein gestellt.

Sie schob den Gedanken beiseite und stieg aus dem Auto. Sie suchte auf dem Gelände nach einem Gebäude, in dem sich eventuell ein Empfangsbereich befinden könnte. Obwohl sich Potomac eine Rennstrecke mit einem privaten, gehobenen Rennbahn-Resort teilte, das einem Country-Club ähnelte, fehlte es ihm an der Landgutästhetik des angrenzenden Virginias. Es bestand aus nicht mehr oder weniger düsteren, anonymen Strukturen, die sie an die Bauten aus der Sovietzeit erinnerten. Viele farblose kastenförmige Gebäude und spitze Winkel.

Keines der Gebäude trug eine Bezeichnung – zumindest keine nützliche Beschilderung. Sie hatte zwischen einem langen, niedrigen Bauwerk, das als C6 bezeichnet wurde und einem hohen, fensterlosen Betonblockgebäude mit der Bezeichnung H11 geparkt. Keine der beiden Bezeichnungen gab einen Hinweis auf die Aktivitäten, die darin untergebracht waren, und die Gebäude waren in keiner erkennbaren Reihenfolge angelegt. Es war verwirrend. Oder? Nein. Es war *absichtlich* verwirrend.

Sie zögerte zwischen den beiden Strukturen im verzweifelten Versuch, sich für die Richtung zu entscheiden, in die sie jetzt gehen soll. Gerade als sie sich in Richtung H11 drehte, stürzte sich ein großer, breitschultriger Mann mit stacheligen, duschgedämpften dunklen Haaren durch die Glastür des Gebäudes C6.

»Mrs Santos?«, rief er winkend mit einem schiefen Grinsen, das ein paar Krähenfüße um die Augen betonte.

Sie erwiderte sein Winken und ging auf ihn zu. »Ms bitte«, korrigierte sie automatisch.

Mit seinen goldbesprenkelten, haselnussbraunen Augen blickte er über sie hinweg zu ihrem Kombi. »Ist das Ihr fahrbarer Untersatz?«

»Ja. Nun, es ist nicht mein persönliches Fahrzeug. Es gehört meiner Tante.«

Er schielte durch das Fenster ins Wageninnere. »Hat das Ding da ein Schaltgetriebe?«

»Ja.«

»Also können Sie mit Gangschaltung fahren.«

Bei dieser machomäßigen Frage hob sie eine Augenbraue an. Konnte sie mit Gangschaltung fahren? Als das Unglück auf sie hereinbrach, hatte sie absolut keine Zeit gehabt, sich ein Auto mit Automatikgetriebe zu suchen. »Natürlich kann ich das. Sie vielleicht nicht?«

Das brachte ihr ein tiefes Gegluckse ein. »Sie wären überrascht, wenn Sie wüssten, wie viele Menschen es in Ihrem Alter gibt, die das nie gelernt haben. Und auf Ihre Frage zu antworten, selbstverständlich weiß ich, wie man mit einem Handschaltgetriebe fährt. Das wäre in meinem Interesse. Schließlich bin ich hier der Oberfahrlehrer.« Er streckte seine Hand aus. »Trent Mann.«

Sie akzeptierte seine ausgestreckte Hand. Seine Haut war warm und schwielig. Er hatte einen festen, aber nicht schmerzhaften Handschlag. Er war nicht einer dieser Muskelprotze, die das Bedürfnis verspürten, ihre Stärke zu beweisen, indem sie deine Finger zerquetschten. Aber er war definitiv ein Muskelpaket.

Sie stellte fest, wie wenig sie doch über Potomac

wusste. Es war eine relativ neue Operation. Die meisten privaten militärischen Auftragnehmer waren mehr als nur reine Sicherheitsdienste. Sie führten auch verdeckte Operationen und sensible Missionen für eine Reihe von Militär- und Regierungsbehörden durch. Die Art von Arbeit, die eine Regierung leugnen würde, wenn es hart auf hart kommt.

Gehörte Potomac zu dieser Gruppe? Sie durchsuchte die Schubladen in ihrem Gedächtnis und schaute sich sicherheitshalber Trent Mann noch einmal richtig an.

Die meisten privaten Sicherheits- und Militärunternehmen holten ihre Aktivisten aus den Reihen ehemaliger Spezialeinheiten, d.h. ihre eigenen Kollegen bei der CIA und deren Pendants beim FBI. Trent machte absolut den *Eindruck,* als sei er mehr als nur ein Fahrlehrer. Für einen Moment erlaubte sie sich den Luxus, sich zu wundern.

Dann meldete sich wieder ihr gesunder Menschenverstand. *Wen interessiert das?* Je weniger sie von ihm wusste, und je weniger er von ihr wusste, desto besser.

Er unterbrach ihre Tagträumerei. »Lassen Sie uns hineingehen und ein paar Papiere ausfüllen. Dann setzen Sie sich hinters Steuer und wir legen los.«

Er machte lange und schnelle Schritte, aber sie passte sich problemlos an. Sie war, wie ihr Vater zu sagen pflegte, eine schnelle Rednerin und eine noch schnellere Läuferin. Trent entriegelte die Tür und geleitete sie hinein. Er führte sie in ein kleines, blitzblankes Büro. Sie setzte sich und sondierte den Raum. Er war spärlich und unpersönlich. Keine Fotos, keine Sport-Memorabilien, kein Hinweis auf den Mann, der darin saß. Sie hatte das Gefühl, dass diese Leere gewollt war.

Er reichte ihr einen Haufen Papierkram, und sie kritzelte ihren Namen an den angedeuteten Stellen, ohne sich jedoch die Mühe zu machen, zu lesen, was sie da unterschrieb. Sie ging davon aus, auf ihr Recht zu verzichten, Potomac zu verklagen, aber ihr ganzes Leben bestand aus einem enormen Haftungsverzicht. Sie gab ihm den Stapel zurück und stand auf.

»Sekunde. Ich bin genauso eifrig, ins Auto zu steigen, wie Sie, Mrs Santos –«

»Ms, nicht Mrs« Hat der Typ was an den Ohren?

»Entschuldigung. Ms. Santos.« Er hielt inne und blickte neugierig auf den riesigen Diamant- und smaragdbesetzten Ring an ihrem linken Ringfinger.

Sie lächelte zögerlich und zuckte die Achseln.

Er setzte fort. »Wir wissen also, dass Sie mit Gangschaltung fahren können. Fahren Sie oft selbst in Mexiko-Stadt oder arrangiert Ihr Mann einen Fahrer für Sie?«

Dies war eine berechtigte Frage. Viele der Paare in ihrem Kreis beschäftigten Bodyguards, die sich als Fahrer oder Butler ausgaben. Und die meisten ihrer

Freunde hatten gepanzerte Autos. Aber Mateo spottete nur über solche Vorsichtsmaßnahmen. Er wurde in Mexiko-Stadt geboren und hatte sich als Kind in den Straßen der Stadt ausgetobt.

Sie fragte sich, ob er seine Meinung ändern würde, wenn er wüsste, wer sie wirklich ist und wie gefährlich ihr Job ist. Aber diese Bombe platzen zu lassen, stand für sie außer Frage. Abgesehen von den Folgen, die ein ›Ich bin eine verdeckte CIA-Agentin, die deinen Arbeitgeber und eine Regierung ausspioniert‹ verursachen würde, war es ihr ausdrücklich verboten worden, es ihm zu sagen. Die Wahrheit mit ihrem Mann zu teilen, käme mit Landesverrat gleich.

Sie blinzelte. Trent Mann wartete auf eine Antwort, und er brauchte die Details ihrer doppelzüngigen Beziehung nicht zu kennen. »Nein, wir haben keinen Fahrer. Und, ja, ich fahre normalerweise selbst.«

Er runzele die Stirn und presste die Lippen zusammen, da er mit ihrer Antwort unzufrieden war.

»Ich verstehe. Was fahren Sie?« Im Gegensatz zu seinem Gesichtsausdruck war seine Stimme unverbindlich.

Sie begegnete seinen Augen mit einem wissenden Lächeln. »Ich denke, diese Antwort wird Ihnen genauso wenig gefallen. Es ist ein Mercedes-Benz SL. Gold.«

»Ein teures Cabrio? Dann haben Sie recht, ich mag es nicht. Ich bin mir nicht sicher, warum Sie hier sind, wenn Sie Ihre persönliche Sicherheit nicht ernst nehmen, Ms Santos. Sie tragen pompösen Schmuck und fahren ein auffälliges Cabriolet? Das Büro von Senator Anglin scheint zu glauben, dass Sie sich in irgendeiner Weise in Gefahr befinden. Sie sind anderer Meinung?« Sein Gesicht verhärtete sich zu einer Maske der Missbilligung.

Sie blickte ihn ohne zu Blinzeln an. »Um ehrlich zu sein, ich weiß es nicht.« Aber was ich weiß, ist, dass es wirklich mein Auto ist. Mein Mann wurde in Mexiko-Stadt geboren. Er sieht das nicht so wie Ausländer. Bis heute hat er keine Notwendigkeit für extreme Sicherheitsmaßnahmen gesehen.«

»Ich schlage vor, Sie sagen Ihrem Mann, dass er seine Meinung zur Sicherheit überdenken soll, wenn er Sie liebt. Mehr als fünftausend Menschen sind im vergangenen Jahr in Mexiko verschwunden, und allein in der Hauptstadt hat die Anzahl der Entführungen zugenommen, die den Rest des Landes bei weitem übertrafen. Es ist im Extremfall töricht, die Statistiken zu leugnen. Speziell für eine Frau von Ihrer Statur ... und, äh, Ihrem Aussehen.«

Sie errötete und beruhigte ihre Hände. Sie schäumte vor Wut. Oder vielleicht war es ihr einfach nur peinlich. Denn die traurige Wahrheit war, dass sie keine Ahnung hatte, ob Mateo sie noch liebte – wenn er es jemals getan hat. Aber sie war sich todsicher, dass sie diesen erbärmlichen Leckerbissen nicht mit ihrem Fahrlehrer teilen würde.

Sie räusperte sich. »Schauen Sie, wir haben nun herausgefunden, dass ich es scheinbar darauf anlege, gekidnappt zu werden. Das hab ich jetzt kapiert. Wollen wir jetzt den ganzen Tag hier herumsitzen und plaudern? Oder...« Sie blickte wieder aus dem Fenster.

Als Antwort schnappte er sich einen Satz Schlüssel von einem Schlüsselbrett, der an der Wand neben der Tür hing, und ging in großen Schritten hinaus, sodass sie ihn aufholen musste.

4

Trent stürmte aus dem Gebäude, wohl wissend, dass er gerade seine Emotionen ausposaunte, aber nicht in der Lage war, seine Wut zu zügeln. Die Frau, die hinter ihm her joggte, war eine Ignorantin – oder ihr Mann war ein Ignorant. Die Nachlässigkeit und Arroganz ihres Lebens in Mexiko-Stadt schlug ihm ins Gesicht.

Er versuchte so zu tun, als ob seine Reaktion nichts anderes als eine losgelöste professionelle Bestürzung war, konnte es aber nicht leugnen, dass er sich zu Olivia Santos hingezogen fühlte. Er hätte in ihren Augen ertrinken können, Schieferblau wie der Ozean an einem stürmischen Tag und tief wie das Meer. Ihr langsames, breites Lächeln, das an den Ecken ihrer zarten Lippen begann, krümmte sich nach oben wie die Sonne, verwandelte ihr Gesicht und wärmte ihn von innen nach außen.

Es war unerklärlich. Sie war nicht sein Typ. Sie war blass, blond und gertenschlank. Und verheiratet, dachte er bei sich. Die verwöhnte, privilegierte Frau eines reichen Mannes, der sich nicht um seine Schätze kümmerte. Und das Schlimmste war, dass ihr die Kraft oder der Wunsch zu fehlen schien, sich um sich selbst zu kümmern. Sie. War. Nicht. Sein. Typ.

Sein Typ war fähig, mutig und kurvig. Wie Carla. Feurige Carla, mit ihren blitzenden braunen Augen und ihrem Gewirr aus glänzenden schwarzen Locken. Furchtlos und magnetisch. Das genaue Gegenteil der schlanken Glasfaserkreation an seinen Fersen. Olivia Santos schien unglaublich zerbrechlich, aber genauso gefährlich zu sein. Er stellte sich vor, wie sie in Hunderte von Teilen zerschmetterte und die scharfen Scherben unter ihren Füßen glänzten.

Sie überholte ihn, als er das Garagentor hochschob. Die Trainingswagen standen in Reih und Glied wie sprungbereite Panther und glänzten unter den hellen Oberlichtern. Als sie sich neben ihn stellte, kitzelte ihn ein Hauch von etwas Würzigem und Citrusähnlichem in der Nase. Ihr Shampoo oder eine Körperlotion vielleicht. Es war berauschend, betörend.

Reiß dich zusammen. Übe mit dieser Frau einige grundlegende Ausweichmanöver, bring ihr bei, was sie im Falle eines Überfalls tun muss und verfrachte sie nach Mexiko. Notiere es als einen Gefallen für einen politischen Verbündeten und lebe normal weiter. Stell nicht zu viele Fragen über ihr Leben in Mexiko-Stadt, und, was auch immer du machst, sprich nicht mit ihr über ihren Mann.

Ihre Augen hatten sich in Eis verwandelt, als sie von dem Mann sprach, den sie geheiratet hatte, und ihr Gesicht war zu einer bleichen, distanzierten Maske erstarrt. Aber er hatte beobachtet, wie sie ihren Ring um den Finger gedreht hatte – ein Beweis für Unbehagen. Und er hatte bemerkt, dass sie vom Hals bis zu den Wangen errötet war, als sie zugab, dass sich der Typ weigerte, ihr auch nur den geringsten Schutz zu bieten. Ihrem Mann, aus welchen Gründen auch immer, war ihre Sicherheit egal. War *sie* ihm egal?

Er schüttelte den Kopf. Fang bloß *nichts* mit Olivia Santos an. Es war sinnlos, leichtsinnig, und es würde zu nichts anderem als Schmerz führen. Davon hatte er genug in seinem Leben gehabt.

Er drückte den Knopf am Schlüsselanhänger, und ein hellblauer Miata blinkte mit den Scheinwerfern zur Begrüßung. Er warf ihr die Schlüssel zu und erwartete, dass sie auf den Betonboden knallten, aber sie schnappte sie lässig in der Luft.

»Ich fahre zuerst?«

»Natürlich. Ich möchte ein Gefühl für Ihre

Ausgangsbasis bekommen, damit ich weiß, woran wir arbeiten müssen. Dann werde ich Ihnen ein paar Tricks beibringen.«

Er zuckte beim Klang seines grimmigen Tons zusammen, der von den Garagenwänden hallte. Jake bekäme Zustände, wenn er hören würde, auf welche Weise er mit einer Kundin sprach – vor allem mit einer engen Bekanntschaft der Senatorin. Doch Olivia ging über den wirschen Ton hinweg. Er fragte sich, wo ihre Grenze des Akzeptierbaren war und beschloss, sie mit mehr Respekt zu behandeln. So viel hatte sie zumindest verdient.

»Und wir holen das Ding da jetzt raus?« Sie gestikulierte in Richtung des glänzenden kleinen MX-5. Ihr Blick wanderte über die Reihen mit SUVs und gepanzerten Fahrzeugen.

»Wir müssen Sie auf Geschehnisse in der realen Welt vorbereiten. Sie fahren ein lächerliches kleines Cabriolet, also werden wir die nächstmögliche Annäherung nehmen.« Er grinste sie an. »Potomac ist es nicht gewohnt, Luxusautos für Trainingszwecke zu benutzen, die sechsstellige Zahlen und darüber gekostet haben, also muss dieses Baby herhalten.«

Sie rutschte hinters Steuer, während er sich auf den Beifahrersitz setzte. Sie drehte den Schlüssel, und der Motor erwachte mit einem rumpelnden Schnurren zum Leben. Beide stellten ihre Sitze für mehr Beinfreiheit zurück, und er stellte fest, dass sie sogar noch größer war, als sie aussah. Er blickte nach unten und erwartete, ein Paar unpraktische Stilettostiefel an ihren Füßen zu finden – stilvolle Schuhe, die ihre Körpergröße um Zentimeter erhöhen, die sie im Falle eines Angriffs verlangsamen und möglicherweise vom Gaspedal rutschen und sich darunter verkeilen würden. Aber sie trug ein Paar ausgelatschte Wanderschuhe. Er nickte sich selbst zustimmend zu.

Dann entriegelte er das Handschuhfach und holte ein Paar drahtlose Kommunikationsgeräte heraus. Er setzte eines in sein Ohr und positionierte das Mikrofon neben sein Kinn, dann gab er ihr das Gegenstück.

»Wozu soll das gut sein?«, fragte sie, während sie den Stöpsel ins Ohr steckte und dazu eine lange Strähne ihrer glatten flachsfarbenen Haare zur Seite schob.

»So können Sie mich hören und ich muss nicht brüllen.«

Und so konnte Jake aus dem Büro zuhören, wenn er das Bedürfnis hatte, aber es gab keinen Grund, ihr das zu sagen.

Sie drückte den Fuß aufs Gaspedal und ließ den Motor hochlaufen. »Wohin?«

Er betrachtete sie argwöhnisch. Sie schien sich hinter dem Steuer wohlzufühlen. Entspannt, locker, mit den Händen zehn vor zwei. Sie *sah* gut aus. Mal sehen, wie sie fährt.

»Beginnen wir mit den Grundlagen. Der Federal

Circuit ist hinter diesem Hügel links. Es ist ein anderthalb Kilometer langer Kurs mit einigen Höhenunterschieden.«

Sie bog an der Ausfahrt links ab. »Wie viele Runden?«

Diese Frage war der Beweis, dass sie mit dem Kursfahren vertraut war. »Vierzehn. Da gibt es auch eine lange Gerade, wo wir beschleunigen und Schwellenbremsung üben können.«

»Schleuderplatte?«

»Das auch.«

Sie nickte, und schob ihr Kinn nach vorn. »Gut.«

Er drehte sich zu ihr um und fixierte sie mit einem fragenden Blick. »Haben Sie schon einmal ein solches Fahrtraining absolviert?«

Sie spitzte die Lippen. »Nicht genau wie dieses. Aber, ja, ich habe etwas Rennerfahrung.«

»In Mexiko?«

»Nein.«

Er wartete, aber sie ging nicht näher darauf ein.

»Gut. In Ordnung. Fahren Sie in die Boxengasse.«

Sie befolgte die Anweisung. »Was nun?«

»Ich möchte wissen, womit ich es hier zu tun habe, Ms Santos. Sie sagen, Sie hätten Rennerfahrung, aber ich weiß nicht, was das bedeutet. Sind Sie ein Hochleistungsfahrer, ein Amateur-Rennfahrer oder haben Sie an der Highschool ein Sicherheitsfahrtraining absolviert?«

Sie deutete ein Lächeln an. »Nichts von alldem. Sagen wir einfach, dass ich vor ein paar Jahren eine Sicherheits-Fahrausbildung erhalten habe. Bevor ich nach Mexiko zog. Es ist jedoch schon eine Weile her. Also brauche ich eine Auffrischung.«

Sicherheits-Fahrausbildung, zumindest die Art und Weise, wie er es lehrte, war Fahrtraining mit Ausweichmanöver auf Steroiden. Reiche Frauen brauchten diese Art von Fahrausbildung nicht. Beamte des Auswärtigen Dienstes, Bundespolizisten, G-Männer und CIA-Agenten brauchten es. Er betrachtete sie.

Auf keinen Fall. Es war einfach unmöglich, dass diese Eisprinzessin eine Agentin, Offizierin oder eine andere Art von Aktivistin war. Du verlierst deinen Halt, Mann. Sie ist schon in deinem Kopf.

»Legen Sie los und beschleunigen Sie auf der Hauptstrecke.«

Sie nickte und schoss aus der Boxengasse auf die Gerade hinaus. Er beobachtete, wie die Geschwindigkeit anstieg. Höher, höher.

»Was nun?«, fragte sie und starrte konzentriert auf die Strecke vor sich.

»Mercedes-Benz hat die Antiblockierbremsen erfunden, also gehe ich davon aus, dass Ihr SL sie hat.«

»Richtig.«

»Sie haben Glück.« ABS ist bei diesem Modell nicht Standard, oder zumindest war es das damals nicht. Aber dieses Auto hat es, sodass wir das Grenzbremsen üben können. Wir werden Folgendes tun. Wenn ich sage–«

Sie beschleunigte mit dem rechten Fuß. Dann ging sie mit dem linken voll in die Eisen, die Räder blockierten und aktivierten das ABS.

Er klammerte sich an den Käfig im Innenraum. »Was zum Teufel tun Sie?«

Sie schrie in den Kommunikator. »Ich kenne dieses Auto nicht. Wenn Sie wollen, dass ich das Grenzbremsen übe, muss ich erst einmal ein Gefühl für die Radblockierung bekommen.«

Er nickte. Wo sie recht hat, hat sie recht. Aber wenn sie das weiß, dann brauchte sie ihre Schwellenbremsung nicht zu üben. *Grundlegender Fahrkurs mit Brems- und Ausweichmanöver, meine Fresse, Jake.*

Er betrachtete sie argwöhnisch. »Lassen Sie uns dies auf andere Weise versuchen. Was sind Ihrer Meinung nach Ihre Schwachstellen? Was ist der höchste und beste Nutzen unserer gemeinsamen Zeit?   180-Grad-Drehung   rückwärts? Schleuderdrehung?«

»Nee, kennen Sie die Straßen von Mexiko-Stadt? Der Stau lässt Washington DC menschenleer aussehen. Ich könnte niemals beschleunigen und hätte schon gar nicht den Platz dafür.«

Aha, sie kannte also die Begriffe des Motorsports.

Sie fuhr mit beiden Füßen wie ein ausgebildeter Fahrer. Das Geheimnis von Olivia Santos vertiefte sich.

»Nun, was dann?«

Sie dachte einen Moment nach. »Die meisten Entführer auf der Straße errichten mit ihren Fahrzeugen eine Barrikade, oder? Vorausgesetzt, wir sprechen nicht von einem Carjacking.«

»Das ist richtig.«

»Dann möchte ich Rammen üben. Haben Sie Autos, in die wir hineinfahren können?«

Er hob die Augenbrauen bis zum Haaransatz. Diese Frau war voller Überraschungen. Aber sie hatte recht. Es wäre nützlich zu wissen, wie man sich durch eine Barrikade frei rammt.

»Ja. Ich muss im Büro anrufen, um sie zu informieren. Sie können uns ein paar alte Crown Vics auf die Schleuderplatte bringen und ein älteres Auto für uns. Sorry, aber Sie werden dieses Baby nicht benutzen, um das Durchbrechen von Barrikaden zu praktizieren.«

»Selbstverständlich.«

Sie strahlte ihn an und traf ihn wieder mit diesem Sonnenscheinlächeln, und etwas in seiner Brust schmolz dahin. Ihre porzellanfarbene Haut glänzte pfirsichfarben durch den Adrenalinstoß der rasanten Fahrt und ihr Haar war vom Wind zerzaust. Es war zu einfach, sich vorzustellen, wie sie nach dem Sex aussehen würde.

Er schluckte und krallte sich an den Käfig im Innenraum, grub seine Finger ins Metall, um sich von seinem ansteigenden Verlangen abzulenken. Seit Carla hatte er weder Lust, Anziehungskraft noch sonst etwas in dieser Art gefühlt. Olivia Santos war ein Problem mit einem großen P. Je eher er das Fahrtraining durchzieht, umso eher verschwindet sie aus seinem Leben.

O livia blickte auf den Tacho und gab Gas.

»Ein bisschen langsamer«, drängte Trent mit sanfter Stimme durch den Kommunikator.

»Langsamer?«

»Jawohl. Das ist ein Manöver in letzter Sekunde und wenn Sie das mit Ihrem persönlichen Fahrzeug machen, sind Sie bestimmt nicht schneller als vierundzwanzig Stundenkilometer, wenn Sie sich dem blockierenden Wagen nähern.«

»Warum so langsam?«

Würde Sie das in Mexiko-Stadt tun, bedeutete dies, sie würde einem Entführerteam ausweichen. Obwohl sich ihr Verstand dagegen sträubte, mit Karacho in ein Auto hineinzurasen, schien die sanfte Masche im Schneckentempo nicht die richtige Methode zu sein.

»Zwei Gründe. Erstens, wenn Sie beim Nähern das

Fahrzeug verlangsamen, glauben die Entführer, Sie würden anhalten. Zweitens, Ihr kleiner Mercedes hat Airbags. Wenn Sie auf vierundzwanzig Stundenkilometer heruntergehen und dann durch die Kollision beschleunigen, es aber immer noch unter zwanzig halten, ist die Chance, dass sich die Airbags auslösen, geringer.«

Da war was dran. Es könnte schwierig sein, von den Möchtegern-Geiselnehmern mit gebrochenen Rippen und einer Gehirnerschütterung davon zu kommen.

»Okay.« Sie ging etwas vom Gas runter.

»Gut. Jetzt zielen Sie auf das Hinterrad. In Ihrem kleinen Auto werden Sie auf den zweiten Gang zurückschalten.«

Sie registrierte seine Worte, antwortete aber nicht. Ihre Welt verengte sich zu einem Tunnel, der nur noch aus dem Crown Vic vor ihr, ihren Füßen und ihren Händen bestand. Sie drückte sich fest an den Rücksitz. Als Sie das Wort ›Jetzt‹ hörte, beschleunigte sie, bewegte ihre Aufmerksamkeit auf den Bereich der Schleuderplatte auf der anderen Seite der Blockade und fuhr auf die Limousine zu, die zur Seite schleuderte. Sie raste vorbei und kam am Ende der Schleuderplatte zum Halt.

»Yes!!« Sie ballte die Faust, während sie ein Adrenalinstoß durchfuhr.

Trent grinste sie an. »Nochmal?«

Sie warf einen Blick auf den Bereich, auf dem der erste verbeulte Crown Victorian stand und verlassen und traurig dreinschaute. »Wie viele Autos lässt mich Ihr Chef zerstören?«

»So viele, wie nötig sind, um sicher zu sein, dass Sie eine Barrikade durchbrechen können. Fühlen Sie sich gut?«

Ja, das tat sie. »Ja.«

»Prima. Dann lassen Sie uns jetzt Ihren J-turn üben. Nachdem Sie das blockierende Auto gerammt haben, brauchen Sie einen Plan. Weiterfahren ist natürlich der normale Vorgang. Aber wenn Sie wenden und abhauen müssen, dann wohl so schnell wie möglich.«

Sie grinste zurück. »Schauen Sie zu, vielleicht können Sie noch etwas lernen.« Wenn es ein Manöver gab, in das sie Vertrauen hatte, dann war es ihre Schleuderdrehung. Während ihrer Ausbildung auf The Farm hatte sie diese taktische Bewegung schneller gemeistert als alle anderen Kursteilnehmer.

Sie warf den Rückwärtsgang ein, gab Gas und konzentrierte sich auf die Fahrbahn. Als sie die verbeulte Limousine hinter sich gelassen hatte, griff sie mit der linken Hand über das Lenkrad, brachte es in die drei-Uhr-Stellung, schnappte sich den Schalthebel mit der rechten und gab Gas, bis sich das Autogewicht auf die Hinterreifen verlagerte. Dann riss sie das

Lenkrad scharf herum und brachte das Fahrzeug zum Schleudern.

Während sich das Auto um neunzig Grad drehte, richtete sie das Lenkrad gerade. Im Handumdrehen stand das Auto in der entgegengesetzten Richtung und sie hatte die Blockade im Rückspiegel. Sie schaltete vom Rückwärts- in den Vorwärtsgang und gab einen Moment lang Gas.

Sie errötete vor Aufregung, stoppte den Wagen an und strahlte Trent an. Sie hob die Hand für ein High Five, aber er zog sie zu einer seitlichen Umarmung an sich heran. Sie konnte seine starken Arme und den soliden Brustkorb durch das seidige, feuerhemmende Spezialhemd spüren. Er roch nach Zedernholz und Schokolade. Und sein Herz, das gegen ihre Wange pochte, war wie ein elektrischer Impuls, der sie sofort erwärmte.

Es war Monate her, seit Mateo sie, auch nur im Vorbeigehen berührt hatte. Sie schmachtete Trent an, war versunken in seinem kantigen Kinn, den markanten Wangen und Gold gesprenkelten Augen. Sie stellte fest, dass sie nicht atmete. Sie lächelte zittrig und zog sich zurück.

»Das hat Spaß gemacht«, murmelte sie.

»Wo haben Sie das gelernt? Ich habe noch nie einen besseren J-Turn gesehen.«

Sie räusperte sich und war froh für die

Unterbrechung, als es in seinem Kommunikationsgerät klingelte.

»Es ist Jake vom Büro«, erklärte er, bevor er eine Taste klickte, um den Anruf über den Lautsprecher des Fahrzeugs zu senden. »Jake, hast du Olivias Wahnsinns-Schleuderdrehung gesehen?«

»Ich habe es auf dem Kamera-Feed beobachtet. Du bist ein toller Lehrer Trent.«

»Nein, Mann. Das hat sie ganz allein gemacht. Entweder ist sie ein Naturtalent oder–«

Jakes Stimme unterbrach ihn. »Mrs Santos' Ehemann hat schon ein paar Mal versucht, sie zu erreichen. Sie hat ihr Handy in deinem Büro liegenlassen und es klingelt pausenlos. Ich meine das wörtlich. Sie hat ihr Handy zwar gesperrt, aber ich habe die Rufnummer auf dem Display gesehen und sie notiert. Ich habe zurückgerufen. Mateo Flores muss sie dringend sprechen. Von dem, was ich mitbekommen habe, geht es hier um einen Notfall in der Familie. Ich stelle ihn durch.«

Olivias Aufregung war sofort verflogen und sie klammerte sich so fest ans Lenkrad, dass ihre Knöchel weiß wurden. Sie fühlte, wie sie der Mann neben ihr beobachtete, aber sie starrte ziellos durch die Windschutzscheibe.

»Olivia?« Mateos strenge Stimme knisterte über das Audiosystem des Fahrzeugs.

»Ja.«

»Wo zum Henker bist du? Ich habe im Rehazentrum deiner Großmutter angerufen und mit der Stationsschwester gesprochen. Niemand hat dich seit heute früh gesehen.«

»Es ist etwas dazwischengekommen.«

»Der Mann, der mich zurückrief, sagte mir, du würdest einen Fahrkurs absolvieren. Was um alles in der Welt geht hier vor?«

»Ich erkläre es dir, wenn wir uns morgen sehen.«

"Nein. Du kommst heute nach Hause.«

Sie stieß ihren Atem aus und sprach in einem bewusst ruhigen Ton. »Du hast meine eindeutige Nachricht bekommen, wenn du das Rehazentrum angerufen hast. Ich habe dir erklärt, dass ich meine Rückkehr bis morgen verschieben muss.«

»Olivia, ich habe das Flugzeug zu einem Privatflughafen in der Nähe von Charles Town umgeleitet. Du fährst jetzt sofort dorthin.« Es war ein Befehl, keine Bitte.

»Das wird nicht funktionieren. Ich muss das Auto zu meiner Tante zurückbringen und dann–«

»Du scheinst zu denken, dass ich dich bitte, jetzt nach Hause zu kommen. Tue ich nicht. Ich sage dir, dass du deinen Arsch in dieses Flugzeug setzen sollst.«

Ihre Wangen brannten. Sie hatte sich mittlerweile daran gewöhnt, dass Mateo privat in diesem Ton mit ihr sprach. Aber er hatte sein wahres Gesicht nie vor anderen gezeigt. Natürlich wusste er nicht, dass Trent neben ihr saß und jedes Wort mithörte. Der Gedanke an diese Demütigung vor Trent war fast unerträglich. Sie schloss die Augen und versuchte, die Tränen zurückzuhalten, die drohten, ihre Wange herunterzukullern.

»Sind wir uns einig?«, fragte Mateo fordernd.

»Ja. Wir sehen uns heute Abend.« Sie blickte Trent flehend an, diesen Anruf zu beenden und sie von diesem Elend zu befreien.

Er nickte, drückte einen Knopf auf seinem Kopfhörer und es ertönte ein elektronischer Piepton.

Sie starrte schweigend auf ihre Hände in ihrem Schoss und versuchte, sich zu sammeln. »Es tut mir leid, das zu hören.«

Er grunzte unverbindlich. Als sie ihn unter den gesenkten Wimpern anblickte, sah sie, dass er sie genau beobachtete.

»Warum lassen Sie sich so behandeln?« Seine Stimme war tief und brummig.

Wie könnte sie ihm das erklären? Keine Ahnung.

»Das ist eine lange Geschichte.«

»Ich will Ihnen mal was sagen. »Ich weiß, wo dieser Flughafen liegt. Ich werde Sie dort hinfahren, und Sie können mir auf dem Weg dorthin alles darüber erzählen.«

Sie zögerte. Sie würde gerne mehr Zeit mit Trent verbringen. Aber dieses Chaos war ihr Problem, nicht seines. Sie musste selbst damit fertig werden.

Er setzte fort. »Schauen Sie, wir können einen unserer Leute bitten, den Kombi zu Ihrer Tante zurückzubringen. Wo soll er hin?«

Sie gab nach. »Meine Tante ist bei sich zu Hause, an der Küste, aber sie lässt den Wagen an ihrem Haus in Chevy Chase stehen. Er wird hauptsächlich von ihrer Haushälterin benutzt. Sind Sie sicher? Es ist eine lange Fahrt und–«

»Potomac würde sich glücklich schätzen, Ihnen diesen Gefallen zu tun, Ms Santos.«

Sie konnte nicht umhin, eine gewisse Distanzierung in seiner Sprache festzustellen. Er wechselte von Trent, der Olivia hilft, zu einer Kundin, der er entgegenkommt. Plötzlich hatte sie einen Anflug von Enttäuschung. Zum ersten Mal seit langer Zeit hatte sie es sich gestattet, zu glauben, sie könne einen Freund haben.

Sie schüttelte bei ihrer Albernheit den Kopf. Sie kannte ihn doch kaum. Er tat einfach nur seine Arbeit. Und selbst *wenn* er sich mit einer Kundin anfreunden würde, welcher Mann würde sich mit einer Person einlassen, die sich wie einen Fußabtreter behandeln lässt?

Er beobachtete sie und wartete auf eine Antwort.

»Vielen Dank. Ich weiß es zu schätzen.«

»Also, das hätten wir besprochen. Gehen wir zurück ins Büro, schnappen uns Ihre Tasche und das

Handy. Dann bringen wir Sie zum Flughafen und schon sind sie auf dem Weg.«

»Klingt nach einem Plan.« Sie gab ein Lächeln vor, zumindest erhoffte sie, man würde es für eines halten.

Sein Blick fiel auf ihre Hände, die immer noch zusammen in ihrem Schoß gefaltet waren. Trotz ihrer Bemühungen, sie still zu halten, musste er das Zittern bemerkt haben.

»Ich werde fahren und wir werden dieses Biest hier in einen Firmen- SUV umtauschen, wenn wir schon dabei sind.«

Sie verließ die verbeulte Limousine und ging ums Auto herum auf die Beifahrerseite. Sie warf einen letzten Blick auf die zerknitterten Autos, die dort überall herumlagen. Sie konnte es kaum fassen, dass sie noch vor ein paar Minuten das Gefühl hatte, Flügel zu haben – sich so überschwänglich und lebendig zu fühlen wie schon viele Jahre nicht mehr – und nun saß sie da, wie ein Schluck Wasser in der Kurve mit zusammengeschnürtem Magen. Sie fühlte...nichts. Es war die einzige Möglichkeit, um zu überleben.

Trent setzte sich hinters Lenkrad und stellte die Sitzposition ein. Er warf einen kurzen Blick auf sie, um festzustellen, dass sie den Sicherheitsgurt angelegt hatte, dann scherte er aus und raste auf die Zufahrtsstraße.

Sie studierte sein Profil. Ein Muskel in seiner Wange zuckte. Ansonsten hatte er einen harten, stoischen Gesichtsausdruck. Sie konnte nicht sagen, ob er wütend, enttäuscht, oder einfach nur irritiert war, weil sein freier Tag durch die Notwendigkeit verdorben wurde, für die verirrte Ehefrau eines anderen Mannes den Laufburschen zu spielen. Sie schluckte schwer, um den Kloß in ihrem Hals loszuwerden und blickte aus dem Fenster, an dem das hügelige Weideland in grünen Streifen vorbeihuschte.

5

Trent sprach während der Fahrt zurück zur Garage keine Silbe. Er traute sich nicht zu sprechen. Alles, was er sagen würde, hätte etwas mit den Obszönitäten und der Respektlosigkeit dieser Arschgeige von Olivias Ehemann zu tun. Da er also nichts Nettes zu sagen hatte, zog er es vor, dem uralten Rat aller Mütter weltweit zu folgen und schwieg.

Dennoch warf er von Zeit zu Zeit einen Blick auf seine Beifahrerin. Ihr Gesicht war gezeichnet und blass, fast durchsichtig, mit Ausnahme von zwei leuchtend roten Flecken auf den Wangen. Von der Art, wie sie den Kopf hielt und aus dem Fenster starrte, konnte er schließen, dass sie den Augenkontakt mit ihm vermied. Die Art und Weise, wie ihr Ehemann sie behandelt hatte, wurmte ihn. Am liebsten hätte er dem

Lenkrad aus Frust ein paar Schläge versetzt, aber er hielt seine Emotionen fest im Griff, bis das Auto in der Garage stand.

Sie war schon aus dem Auto gestiegen, bevor es vollständig zum Halt gekommen war. Sie raste durch die offene Garagentür und eine Sekunde lang dachte er schon, sie würde zu den in der Ferne sichtbaren Berge sprinten. Stattdessen blieb sie aber stehen und starrte sie an. Er stellte den Motor ab und öffnete die Motorhaube, damit einer der Mechaniker eine Runderneuerung machen kann.

Er verließ die Garage und stellte sich leicht seitlich hinter sie. Wenn sie ihn kommen hörte, würde sie keinen Mucks von sich geben.

Er räusperte sich. »Wir sollten Ihre Sachen holen und uns auf den Weg machen.«

Sie nickte und sie überquerten das Gelände.

Abgesehen von all den anderen Gründen, warum Olivias Mann ein Idiot war, wurmte Trent die Tatsache, dass er ihr den Triumph über den perfekten J-Turn ruiniert hatte. Er hatte nicht übertrieben, als er sagte, sie hätte ein Naturtalent. Sie war eine verdammt feine Fahrerin, und es hatte ihm Spaß gemacht, mit ihr zu arbeiten. Aber der schwache, säuerliche Geschmack in seinem Mund überschattete seine Freude.

An der Eingangstür des Büros angekommen, räusperte er sich ein zweites Mal. »Während Sie Ihr Handy und die Tasche holen, muss ich mit Jake sprechen. Wir treffen uns hier wieder in einer viertel Stunde.

»Gerne.« Ihr Ton war hölzern und stumpf, und sie blickte nach unten.

Er schwenkte sein Badge vor dem Lesegerät und wartete auf den metallischen Piepton, der signalisierte, dass sich das Schloss entriegelt hatte. Während des Tones, zog er die Tür auf und leitete sie hinein. Sie ging direkt auf seine offene Bürotür zu und er schwenkte scharf rechts auf den kleinen Flur ab, der zu Jakes Büro führte, das im hinteren Teil des Gebäudes untergebracht war.

Im Gegensatz zu den meisten Managern hatte Jake nicht die erstklassigste Lage für sein Büro gewählt. Er arbeitete aus einem verschönerten Schrank heraus. Kunden und andere Besucher dachten, er sei bescheiden oder solidarisch mit seinen Mitarbeitern, um ihnen zu zeigen, dass er auch nur einer von ihnen ist.

Und irgendwie war es auch so. Aber in Wahrheit hatte das Büro in Schuhkartongröße einen ganz bestimmten Vorteil, der Jake am wichtigsten war. Durch das kleine Fenster wurden die Berge perfekt eingerahmt und zentriert und er hatte einen freien Blick, der weder von Gebäuden oder Bäumen versperrt wurde. Jake blickte gerade hinaus, als Trent an den Türrahmen der geöffneten Tür klopfte.

»Komm rein«, sagte er, ohne sich von der Sicht

abzuwenden. »Ich habs schon gehört – du hast dich freiwillig als ›persönlicher Chauffeur‹ von Ms Santos gemeldet.«

»Hast du den Anruf von ihrem Mann mitgehört?«

»Ja, sicher. Ich bin in der Leitung geblieben.«

»Wer tut denn so was?« Trent ballte die Fäuste. »So redet man doch mit niemandem, noch nicht einmal mit dem Autowäscher oder dem Einpacker im Supermarkt, geschweige denn mit der Frau, die du eigentlich lieben solltest.«

Jake drehte sich um und fixierte ihn. »Du hast doch wohl nicht die Absicht, mit der Frau ein Verhältnis anzufangen, oder?«

Trent lachte. »Wie soll das funktionieren? Wie viel Zeit habe ich mit ihr verbracht? Insgesamt zwei Stunden?«

»Sie ist eine attraktive Frau.«

»Ach ja? Na ja, vielleicht. Sie ist nicht mein Typ.«

Jake machte ein sorgenvolles Gesicht.

»Sie ist ganz anders als Carla«, stimmte Jake leise zu. Er zögerte und sagte dann: »Das ist nicht unbedingt eine schlechte Sache.«

»Nun, sie ist auch mit einem reichen Pinkel verheiratet. Das *ist* eine schlechte Sache.«

»Das stimmt. Und du willst also den Rest des Tages frei nehmen, um den Laufburschen für eine Eintagsschülerin zu machen, zu der du dich absolut nicht hingezogen fühlst? Macht völlig Sinn.«

Trent unterdrückte ein Grinsen. »Ich will sie nur zu ihrem Flieger bringen. Und ich dachte, du könntest gleichzeitig zwei Fahrer finden, die den Wagen ihrer Tante nach Chevy Chase zurückbringt. Du weißt schon, als Gefallen für Senatorin Anglin.«

Jake machte sich nicht die Mühe, sein Lächeln zu verbergen. »Ja klar, ein Gefallen für die Senatorin. Gute Idee. Vielen Dank, dass du Ms Santos heute auf Herz und Nieren geprüft hast. Ich bin nicht zum Beobachtungsfenster runtergegangen, um mir das persönlich anzuschauen, aber ich habe einen Blick auf die Computerdaten geworfen. Sie sollte in der Lage sein, sich selbst aus der Patsche zu helfen, wenn sie in Mexiko-Stadt verfolgt wird.«

»Ja. Das dürfte für sie kein Problem sein.« Seine Stimme war gelassen, als ob der bloße Gedanke, dass Olivia in einer gefährlichen fremden Stadt ins Visier von Entführern geraten könnte, das Blut in seinen Adern nicht zu Eis gefrieren und einen Kloß in seinen Hals treiben würde.

Jake beobachtete ihn ganz genau. »Sei vorsichtig.«

»Der Straßenabschnitt von hier zur Landebahn ist nicht gerade voller Gefahren. Ich vermute, du meinst, ich soll auf den Wildwechsel aufpassen.«

»Das habe ich nicht gemeint, und das weißt du sehr gut.« Ich mache mir Sorgen um den Ehemann. Das scheint ein Typ mit einer leicht eifersüchtigen Ader zu sein.«

Jake sah Trent für eine Weile durchdringlich an, aber der schüttelte nur den Kopf.

»Ich habe es dir gesagt. Sie ist nur eine Schülerin.«

»Red dir das ruhig weiter ein.«

Trent kehrte in den Flur zurück und zog die Tür hinter sich zu.

6

Die Fahrt vom Potomac-Gelände bis zum Privatflughafen war glücklicherweise kurz und der geringe Verkehr ein Kinderspiel für Trents Fahrkünste.

Olivia beobachtete ihn, wie er zwischen zwei kriechenden Traktoren schlängelte und ein Loch zum Einscheren schuf, das vorher noch nicht da war.

»Sie sind verdammt gut.«

Ihre Stimme schallte in dieser Stille, die sich auf der Beifahrerseite im SUV breitgemacht hatte.

»Muss ich. Bin schon ziemlich lange hinterm Steuer.«

Sie warf einen Blick auf seine Hände, die locker auf dem Lenkrad ruhten. Eine tiefe weiße Narbe zog sich in einem Winkel quer über seine rechte Hand bis in den Arm hinein, beginnend an der Haut zwischen

Daumen und Zeigefinger über den Handrücken bis zum äußeren Handgelenk.

»Wo haben Sie denn diese Narbe her?« Sie deutete mit ihrem Kinn auf seine Hand.

Er wandte seinen Blick kurz von der Straße ab und entdeckte sein bloßliegendes Handgelenk mit der Verletzung, als hätte er sie noch nie zuvor gesehen.

»Ach, da habe ich ein paar Kisten aufgebrochen. War nachlässig mit dem Cutter. Blöder Fehler.« Er wies die Frage lässig ab.

Sie neigte ihren Kopf. »Wirklich? Weil mir in Ihrem Büro aufgefallen ist, dass Sie Rechtshänder sind. Ich versuche mir vorzustellen, wie selbst der ungeschickteste Einsatz eines Cutters mit der rechten Hand zu diesem Schnitt führt, und ich muss Ihnen sagen, ich krieg das nicht auf die Rolle.«

Er korrigierte geringfügig seine Sitzhaltung. Wenn sie nicht auf eine Reaktion gewartet hätte, wäre es unbemerkt geblieben.

Er sah zu ihr hinüber. »Was sagten Sie, tun Sie in Mexiko-Stadt?«

»Ich habe in dieser Hinsicht nichts gesagt.«

Er grinste verschmitzt.

»Gut. In Ordnung. Was tun Sie in Mexiko-Stadt?«

»Etwas, was mich gelehrt hat, den Unterschied zu kennen zwischen einem ausgerutschten Cutter und einer Wunde, die aus einem Messerkampf stammt.« So wie das aussieht hatte ihr Gegner ein kleines Jagdmesser.«

Sie wusste, dass sie damit nicht prahlen und ihn auf keinen Fall verführen sollte. Aber der Hauch seines Atems und der Glanz in seinem Auge, während er sie beobachtete, waren das törichte Risiko mehr als wert. Er sah sie an, als sei sie faszinierend, erstaunlich, etwas Besonderes. Ein Nervenkitzel durchzog sie, eine Erinnerung daran, dass sie am Leben war.

»Sie sind Ärztin. Eine Unfallchirurgin«, riet er.

»Nee. Daneben.«

Er setzte den linken Blinker, verließ die Autobahn und fuhr durch ein offenes Tor, das zur kleinen, privaten Landebahn führte. Das Flugzeug befand sich bereits auf dem kleinen Rollfeld. Er fuhr dicht an die Nase heran, und hielt erst an, als der Sicherungsposten begann, wild mit der Fahne zu winken.

Er hatte ein schelmisches Funkeln in seinen Augen. »Hmm, Sie sind Metzgerin.«

»Iiih.« Sie schauderte. »Wieder daneben.«

Er entriegelte die Türschlösser, und sie hüpfte aus dem SUV. Völlig aufgeregt, stieg er ebenso aus.

Sie ging vorn ums Auto herum, während die Flugzeugbesatzung die Gangway senkte. Sie benetzte die Lippen und sagte: »Nur noch einmal raten.«

Er schüttelte den Kopf. »Nein. Ich will nicht riskieren, mit Ihnen zu streiten, Olivia Santos.«

Die Hitze in seinen Augen überdeckte seinen

sanften Ton und warf sie aus dem Gleichgewicht. Bevor sie etwas erwidern konnte, streckte er die Hand aus und legte ihr mit einer federleichten Berührung eine Strähne hinters Ohr. »Ich denke, Sie werden ein Geheimnis bleiben.«

Sie zitterte bei der Berührung. »Nun, dann ein Geheimnis, das in ein Rätsel gehüllt ist. Danke. Für alles. Die Lektion, die Begleitung, dass Sie mein Auto zurückbringen..., ich schulde Ihnen einen Gefallen.«

Er kam ganz nahe an ihr Ohr und: »Vielleicht werde ich ihn eines Tages einlösen.«

Sie spürte immer noch seinen Atem gegen ihr Haar, als sie sich umdrehte und die Gangway hinaufeilte. Ihr Herz pochte und dröhnte vor Aufregung, als sie die Stufen hinaufstieg und sich zwang, sich nicht noch einmal umzudrehen, um einen letzten Blick auf ihren großen, dunklen und umwerfend gutaussehenden Fahrlehrer zu werfen. Sie musste Trent Mann und ihren riskanten Flirt unwiderruflich in ihrem Hinterstübchen fixieren.

Sie murmelte ein abgelenktes Hallo zu Wen, Mateos Pilot, dann ließ sie sich auf den weißen Ledersitz fallen, lehnte sich zurück und schloss die Augen. Es war ein langer und erschöpfender Tag gewesen. Sie brauchte ein paar Minuten, um zu dekomprimieren. Sie hatte sie verdient.

Ihr Zen-Moment wurde durch das laute Rumpeln ihres Magens unterbrochen. Sie öffnete die Augen und erinnerte sich daran, dass sie seit dem Abendessen am Vortag nichts mehr gegessen hatte.

»Wen, habe ich noch etwas Zeit, in der Bordküche nach einem kleinen Imbiss zu suchen, bevor wir abheben?"

»Mmm-hmm«, antwortete er mit gedämpfter Stimme.

Sie runzelte die Stirn. Wen war höflich bis zum Gehtnichtmehr. Er würde nie so beiläufig auf eine Frage von irgendjemandem antworten, geschweige von der Frau seines Arbeitgebers.

Sie beugte sich vor und schaute sich den Piloten genauer an. Ihr Herz blieb für einen Moment stehen. Der Mann, der die Instrumentenkontrolle durchlief, war nicht Wen. Er war nicht einmal Chinese.

»Entschuldigen Sie, wo ist Wen?«

Seitdem sie Mateo kannte, war er nie mit jemandem anderen außer Wen geflogen. Ihr interner Alarm klingelte wie ein Hupkonzert. Ihr Herz tickte schneller.

Der Pilot drehte sich um und betrachtete sie. Sein Gesichtsausdruck war stoisch, aber sie bemerkte die Anspannung um seine Augen herum – eine unfreiwillige Andeutung von Sorge oder Wut oder einer anderen Emotion, die er zu dämpfen versuchte.

Nach einem Moment räusperte er sich. »Wen fühlt sich nicht wohl. Ich springe für ihn ein. Keine Sorge, ich bin sehr erfahren.«

Warum hatte Mateo den Ersatzpiloten nicht erwähnt, als er anrief? Allerdings war er auch viel zu sehr damit beschäftigt gewesen, sie zu beschimpfen. Es hätte ihm aus dem Sinn kommen können.

Dennoch ertönte ihre innere Alarmglocke unaufhörlich. Sie wollte nicht mit einem Fremden in die Luft fliegen, bis sie sicher war, dass er vertrauenswürdig war, vor allem angesichts der codierten Warnung von Senatorin Anglins Berater.

»Ich verstehe. Ich bin sicher, dass Sie wissen, wer ich bin, aber nur um es offiziell zu machen, bin ich Olivia Santos.« Sie lächelte warm und streckte die Hand aus.

Er schüttelte ihre Hand. »Freut mich, Sie kennen zu lernen.«

Sie wartete, aber er nannte keinen Namen.

»Und Sie sind?«

»Captain Cortland.« Er blickte auf seine Instrumententafel herab. »Ich muss meine Checkliste vor dem Flug abschließen. Sie haben noch genügend Zeit für einen Imbiss.«

Somit hatte man sie abgewiesen. Auf dem Weg zur kleinen Bordküche durchsuchte sie ihr mentales Fotoalbum von Botschaftsmitarbeitern und der kleinen Anzahl amerikanischer Expats in ihrem sozialen Kreis. Sie kannte Captain Cortland von irgendwoher, aber wusste nicht, wo sie ihn hinstecken sollte. Er könnte vom CIA sein, was bedeuten würde, dass sie ausgeschleust wurde.

Niemand von Langley hatte sich bei ihr gemeldet und sich über die angeblich schlechten Informationen beschwert, die sie geliefert hatte. Das war beunruhigend merkwürdig. Aber wenn Sie wirklich in Gefahr wäre, würde man sofort versuchen, sie in Sicherheit zu bringen. Das Nachverfolgen der Fehlinformationen könnte warten. Aber bestimmt hätte man es ihr mitgeteilt, wenn man sie ausschleusen würde. Oder?

Sie schnappte sich eine Dose mit Studentenfutter, das die Besatzung immer für sie bereithielt, sowie eine Edelstahlflasche mit kaltem Wasser und kehrte zum Sitz zurück, um in ihrer Handtasche zu stöbern. Sie öffnete das kleine versteckte Fach in der Innentasche und holte ein feines Roségold-Armband mit einem schlanken Display heraus, das in das Band integriert war.

Es sah aus wie ein modischer Fitness-Tracker. Allerdings zählte dieses Gerät weder ihre Schritte noch maß es ihre Herzfrequenz. Es ermöglichte ihr, verschlüsselte geheime Kommunikationen zu versenden und zu empfangen. Sie tippte auf das Display und eine Reihe von Zahlen blinkten auf der geheimen Kommunikationseinheit. Die letzte Kommunikation war von Langley gekommen, die sie darüber informierte, dass der Western Hemisphere Desk wusste, dass sie in die Staaten kam, um ihre Großmutter zu besuchen, und dass es nicht notwendig war, ein Treffen zu arrangieren. Keine neuen Nachrichten.

Sie runzelte die Stirn. Wenn Cortland vom CIA wäre, müsste es eine entsprechende Botschaft geben. Ihr Magen zog sich zusammen und sie atmete lange und langsam aus. Es war entscheidend, jetzt nicht in Panik zu geraten. Wenn er wirklich ein Pilot war, der für Wen eingesetzt wurde, wäre Überreagieren das Schlimmste, was sie tun konnte. Damit würde ihre eigene Tarnung auffliegen und all die endlosen Stunden Arbeit, die sie geleistet hatte, um an Mateos Kontakte heranzukommen, zunichtemachen. Dennoch konnte sie die Möglichkeit nicht ausschließen, dass er von einem Dritten angestellt wurde – nicht von Mateo, nicht von der CIA.

Sie befestigte das Armband um ihr Handgelenk. Sie hatte das Gerät nicht tragen wollen, während sie in den Staaten war, um zu vermeiden, durch seine Exklusivität Fragen aufzuwerfen. In Mexiko-Stadt würde niemand darauf achten. Es war praktisch unsichtbar neben dem ganzen glitzernden Klunker, den die Frauen in Mateos Umfeld trugen.

Sie knabberte an den Nüssen und getrockneten Früchten und blickte nach vorne in die Kabine. Bald würden sie abheben, und sobald sie in der Luft wären, hätte sie kaum eine Chance, sich zu schützen. Sie wäre *wahrscheinlich* in der Lage, ein kleines Flugzeug zu landen, wenn sie den Piloten außer Gefecht setzen müsste, aber das wollte sie lieber nicht testen.

Das Einfachste wäre, Mateo anzurufen und zu bestätigen, dass sich Wen krankgemeldet hat. Es war mehr als einfach, wirklich. Eine Frau ruft ihren Mann an. Aber bei dem bloßen Gedanken, mit ihm zu sprechen, wurde ihr speiübel und sie keuchte, bis der Anflug von Übelkeit vorüber war. Etwas ganz tief in ihrem Gehirn sagte ihr, dass das Bedürfnis, beim geringsten Gedanken an den Ehemann kotzen zu müssen, der beste Beweis für eine kranke Ehe war. Sie schob den Gedanken zurück, wie sie es immer tat. Sie hatte andere Prioritäten.

Durch das kleine ovale Fenster bemerkte sie, dass Trents SUV noch auf dem Asphalt geparkt war. Er hatte die muskulösen Arme vor dem Brustkorb verschränkt und lehnte mit überkreuzten Füßen gegen die Motorhaube. Seine Haltung und die Tatsache, dass er immer noch da war, fand sie unwahrscheinlich süß. Und für einen Wimpernschlag lang vergaß sie ihre aktuelle Situation, als sie ihn durch das Fenster beobachtete.

Sie fing sich und schüttelte den Kopf.

Du bist total durchgedreht. Konzentriere dich auf Cortland, nicht auf deine erbärmliche Verknalltheit in einen Mann, den du kaum kennst.

Trent war sich nicht sicher, warum er immer noch wie der Darsteller eines Schnulzenfilms auf der Landebahn stand und über das Mädchen nachdachte, das gerade wegflog. Sein Gehirn schickte eine Nachricht an seine Beine und wies sie an, sich in Bewegung zu setzen, zur Fahrerseite zu gehen, sich hinters Lenkrad zu setzen, und den Motor starten, um zurück zur Arbeit zu fahren. Aber seine Beine weigerten sich. Also stand er da und starrte auf das Flugzeug, als ob er mit seinem nicht existierenden Röntgenblick nach innen schauen könnte, um einen letzten Blick auf Olivia zu werfen.

Wie ist es dieser Frau gelungen, ihm in so kurzer Zeit unter die Haut zu gehen? Du bist eine Katastrophe.

Die Stimme in seinem Kopf war der von Jake verdammt ähnlich. Und sie klang sarkastisch.

Das Bild von Olivias gerötetem Gesicht, ihrem herzhaften Lachen und der Fröhlichkeit, nachdem sie erfolgreich ihren J-turn ausgeführt hatte, blitzte vor seinem geistigen Auge auf.

Er schüttelte den Kopf. Er konnte nicht den ganzen Tag herumstehen wie ein liebeskranker Welpe. Er richtete sein Kinn in Richtung Flugzeug und rief den Sicherheitsposten, der in der Nähe stand. »Wissen Sie, um welche Uhrzeit sie nach Mexiko-Stadt abheben?«

Der Mann runzelte die Stirn. »Sie meinen Kuba?«

»Was?«

»Der Pilot hat einen Flugplan mit Ziel in Guantanamo Bay eingereicht. Eine private Landebahn namens Strawberry Fields. Wahrscheinlich ein Fan der Beatles, denke ich.«

Trents Herz hämmerte in der Brust. »Sind Sie sicher?«

»Ja, ganz sicher.«

In was ist Olivia hineingeraten? Strawberry Fields war ein privates CIA-Gefängnis, versteckt im Schatten von Gitmo. Er konnte sich nicht viele gute Gründe vorstellen, warum das Flugzeug ihres Mannes nach Kuba statt nach Mexiko-Stadt fliegen sollte, und er konnte sich nur sehr schlechte Gründe vorstellen, um auf Strawberry Fields zu landen.

Es entgleisten ihm sämtliche Gesichtszüge, sein Gehirn schaltete sich ab, und er rannte wie von der Tarantel gestochen in Richtung Flugzeug. Hinter ihm schrie der Sicherheitsposten, dass er sofort anhalten solle. Er beschleunigte, als der Pilot begann, die Gangway einzuziehen. Mit der linken Hand schnappte er sich die untere Treppenstufe, kletterte die restlichen hinauf und raste in die Kabine.

»Trent!«

Olivias Überraschungsschrei erregte die Aufmerksamkeit des Piloten. Er wandte sich von den Instrumenten ab und starrte Trent an.

»Schnappen Sie sich Ihre Sachen«, befahl Trent.

Der Pilot griff unter seine Jacke.

Trent hatte kein Interesse daran, sich auf eine Schießerei im Nahbereich einzulassen. Er schwenkte energisch nach rechts, drehte seinen Oberkörper kraftvoll um und rammte seinen Ellenbogen in die entblößte Kehle des Mannes.

Olivia schrie, drehte sich aber nicht um. Er wartete angespannt darauf, dass der Kopf des Piloten an der Glasscheibe abprallte und wieder zu ihm zurückkehrte. In diesem Augenblick schlug er dem Mann mit voller Kraft auf die Schläfe. Der Pilot stürzte bewusstlos nach vorne.

»Was zum Teufel tun Sie?«, fragte Olivia.

Er antwortete nicht. Stattdessen packte er ihren Arm und stieß mit dem Fuß an die Treppe. Die Gangway bewegte sich und bevor sie wieder vollständig ausgefahren war, befanden sich die beiden schon am Boden. Er rutschte die Treppe hinunter, als wäre sie eine Rampe, mit Olivia unter dem Arm, als wäre sie ein Fußball - ein kleiner, strampelnder Fußball. Die letzten drei Meter sprach er und landete in der Hocke. Dann raste er quer über die Landebahn und zog sie hinter sich her, während sie sich bemühte, sich aus seinem Griff zu lösen.

Männer strömten schreiend und winkend aus dem kleinen Gebäude am Rande der Landebahn. Er sah keine gezogenen Waffen, aber er wollte kein Risiko eingehen. Er drückte den Fernstartknopf, und der

Motor des SUV erwachte zum Leben. Er öffnete die Beifahrertür, hievte Olivia hinein und rannte dann zur Fahrerseite.

Kaum dass sein Hintern auf dem Sitz saß, fuhr er bereits vom Parkplatz.

»Was ist mit Ihnen los?«, schrie sie und riss am Türgriff.

Er drückte die Türsperren und schaltete die Kindersicherung auf der Beifahrerseite ein, während der SUV um die Ecke und vom Grundstück fuhr. Das Fahrzeug hob sich, als die Reifen auf der rechten Seite für eine Sekunde in der Luft hingen.

»Legen Sie den Sicherheitsgurt an«, fauchte er.

Sie starrte ihn an, rastete aber den Sicherheitsgurt ein. »Fertig. Jetzt erwarte ich von Ihnen eine Erklärung.«

»Ich weiß nicht, worauf Sie sich eingelassen haben, aber dieses Flugzeug war nicht auf dem Weg nach Mexiko-Stadt.«

Sie prustete. »Machen Sie sich doch nicht lächerlich. »Wo sollte es denn sonst hingehen?«

Er schaute in den Rückspiegel, um sicherzustellen, dass sie nicht verfolgt wurden, und ließ dann seine Augen auf den Beifahrersitz gleiten. »Zu einer privaten Landebahn in Strawberry Fields, Kuba«, antwortete er und taktierte ihre Reaktion.

Plötzlich saß sie stocksteif da und sagte nichts.

»Ich nehme mal an, Sie wissen, was das ist«, sagte er leise.

Einen Augenblick später atmete sie aus und fuhr sich mit der Hand durch die Haare. »Strawberry Fields ist ein verstecktes CIA-Gefängnis. Ein Geheimgefängnis. Ihre Stimme war stumpf, aber ruhig.

»Können Sie sich einen Grund vorstellen, warum der Pilot Ihres Mannes Sie dorthin bringen würde?«

Sie drehte sich, um ihm in die Augen zu sehen. »Eigentlich war das nicht der Pilot meines Mannes. Ihn hab ich noch nie gesehen.«

»Und Sie wollten dort seelenruhig sitzenbleiben, ganz gespannt darauf, wo er sie wohl hinbringt?«

Ihre Augen blitzten. »Nein, Trent. Ich kannte unser Ziel nicht, aber ich hatte das Gefühl, dass etwas faul war. Ich wollte einen Plan in einer vernünftigen, logischen, ruhigen Art und Weise ausarbeiten. Aber bevor ich ihn umsetzen konnte, stürmte ein Neandertaler das Flugzeug, übermannte den Piloten und packte mich.«

»Gern geschehen.«

Zu seiner Überraschung brach sie in Gelächter aus. Er war froh, sie für einen Moment lachen zu hören, aber dann verwandelte sich dieses Gelächter in Kichern und wurde plötzlich hysterisch. Einen Augenblick später schluchzte sie.

»Ach Scheiße, Olivia, sagen Sie mir, was los ist.«

Sie schnüffelte, holte tief Luft und kämpfte damit, ihre Emotionen in den Griff zu bekommen, bevor sie sagte: »Ich weiß nicht, was los ist, und ich werde es wahrscheinlich nie tun, weil meine Tarnung aufgeflogen ist.«

Die Worte landeten in seinem Gehirn, aber es dauerte einen Moment, bis er sie verarbeitete. »Ihre Tarnung ist aufgeflogen?«, wiederholte er.

Er hatte bereits einen Verdacht gehabt, vor allem, nachdem sie diesen professionellen J-turn hingelegt hatte. Dennoch knisterte ein kleiner Überraschungseffekt in ihm.

»Ich bin eine NOC. Oder zumindest *war* ich es. Ich weiß nicht, was ich jetzt bin.«

Heiliger Strohsack! Eine CIA-NOC?

Unter illegaler Deckung zu operieren, war unerhört gefährlich. Es entlarvte die Agenten und machte sie verwundbar, wenn etwas schief lief.

»Und Sie wissen nicht, warum Ihr Flugzeug nach Gitmo fliegen sollte?«

»Ich habe nicht die leiseste Ahnung.«

Ein Schatten legte sich über ihr Gesicht. Er war flüchtig, aber er war da.

»Das kann nicht sein. Sie haben zumindest ein Fünkchen Ahnung.»

»Ich habe eine Theorie, aber ...« Sie verstummte mit einem Stirnrunzeln.

»Sie dürfen es mir nicht sagen, weil es streng vertraulich ist?«

»Richtig.«

»Hören Sie, ich habe den höchsten Unbedenklichkeitsgrad von mehr Sicherheitsdiensten, als ich zählen kann.«

Sie nickte. »Das glaube ich Ihnen gern. Aber dennoch kann ich nicht mit Ihnen darüber sprechen. Erst wenn ich genau weiß, worum es geht.«

Er mochte es nicht, aber er hatte Verständnis.

»Gut. Was machen wir jetzt?«

Ein Hauch von einem Lächeln kam auf ihre Lippen. »Was? Wollen Sie damit sagen, dass Sie keinen voll durchdachten Plan hatten, als sie wie ein Kommando das Flugzeug gestürmt haben?«

»Nein, Madam, ich bin ein Mann der Tat. Zuerst handeln, Details später.«

»Entzückend.«

»Sollen wir zu Langley fahren?«

Sie zögerte. »Ich bin mir nicht sicher. Vor fünf Minuten hätte ich das sofort bestätigt. Aber wenn dieses Flugzeug wirklich zu einem Geheimgefängnis fliegen sollte, dann bin ich vulgär gesagt am Arsch.«

Da musste er ihr recht geben. Die CIA schützte die Eigenen. Bis sie es nicht mehr tat. Und ein Geheimgefängnis war nicht gerade ein Ort, an den man ein Familienmitglied schicken würde.

Bevor er antworten konnte, leuchtete das Kommunikationssystem des Autos auf.

»Auch das noch«, brummelte er.

»Wollen Sie den Anruf nicht annehmen?«

»Ein Teil von mir wünschte, ich müsste es nicht tun, aber das wäre Selbstmord.«

»Karriere-Selbstmord, meinen Sie.«

»Nun, das auch«, sagte er und drückte mit dem Daumen auf den Knopf, um den Anruf anzunehmen. »Was ist los, Jake?«

»Was los ist? *Was los ist?* Bist du an Bord eines Privatjets geklettert und hast Olivia Santos entführt?«

Er blickte in Richtung Olivia. »So würde ich das, was passiert ist, nicht nennen.«

»Wirklich? So nennt es jedenfalls das FBI.«

»Das FBI?«, wiederholte er.

»Ja. Ich habe gerade einen Anruf erhalten, der mich wissen lässt, dass Ihr beiden Gegenstand einer Verfolgungsjagd seid.«

»Das war schnell.« In der Tat. Er war gleichzeitig bestürzt und beeindruckt von ihrer organisatorischen Geschwindigkeit.

»Das FBI«, sinnierte Olivia.

»Ms Santos, sind Sie das?« Jakes Stimme klang eindringlich.

Sie beugte sich zum Lautsprecher vor. »Ja.«

»Alles in Ordnung bei Ihnen?«

»Alles in Ordnung. Mr Mann hat mich nicht entführt. Er hat nur versucht, mir zu helfen.«

»Ihnen zu helfen«, wiederholte Jake. »Helfen bei was?»

»Ähem...Ich bin mir nicht sicher. Ich denke, Sie würden es eine Rettungssituation nennen.«

»Einer von euch beiden muss mir erzählen, was zum Teufel vor sich geht. Und zwar jetzt.«

Trent erkannte diesen Ton. Es war Jakes gnadenlose, aggressive Stimme.

Er räusperte sich. »Wie sie bereits sagte, Jake, wir sind uns nicht ganz sicher. Und die Tatsache, dass das FBI involviert ist, trägt nur zu meiner Verwirrung bei. Wenn überhaupt, hättest du einen Anruf von Langley erhalten müssen.«

Es folgte ein langes Schweigen. »Langley, der Geheimdienst?«

»Ja, genau.«

»Gibt es da etwas, das ich wissen sollte?«

Er warf Olivia einen Blick zu. Ihre blauen Augen flehten, und sie schüttelte den Kopf.

»Irgendwie schon. Aber nicht sofort. Gib uns ein paar Stunden Zeit, um diese Situation in den Griff zu bekommen und –«

»Du machst Witze, oder? Du kommst auf der Stelle hierher. Bring sie mit. Wir können das klären, aber Trent, ich sage dir, du musst sofort wieder hierher zurückkommen. Das FBI und nun offenbar auch die CIA werden euch suchen. Komm zurück. Sofort!«

»Ich verstehe, um was du mich bittest–«

»Ich bitte nicht. Ich befehle es dir.«

Jake wartete nicht auf Trents Antwort. Er beendete den Anruf.

Im Auto wurde es totenstill.

Nach einer Minute sprach Olivia ganz leise. »Bringen Sie mich jetzt nach Potomac zurück?«

»Soll ich das?«

»Nein.«

Seine Unfähigkeit, Carla zu retten, als sie Hilfe brauchte, lastete schwer auf ihm. Dies war die Gelegenheit schlechthin, das Schicksal zu korrigieren. Er hatte seiner Partnerin und Geliebten nicht helfen können. Aber vielleicht könnte er dieser Frau helfen.

Selbst als die Worte seinen Mund verließen, konnte er nicht glauben, was er sagte. »Okay, wohin?«

»Meinen Sie das ernst?« Ihre Stimme zitterte, und er erkannte eine schwaches Zeichen der Hoffnung.

»So wahr mir Gott helfe. Aber wir werden einige Grundregeln aufstellen müssen.«

Sie kniff die Augen zusammen. »Wäre ja auch zu schön gewesen, um wahr zu sein.«

»Keine Sorgen. Sie sind akzeptabel.«

»Dann lassen Sie mal hören.«

»Sie müssen mir sagen, was Sie in Mexiko-Stadt getan haben und wie Ihre Theorie lautet. Wenn ich mein Leben für Sie riskieren soll, muss ich mindestens darüber Bescheid wissen.«

Sie biss sich mit den Oberzähnen auf die Unterlippe und nickte. »Sie haben recht. Es ist mehr als akzeptabel. Aber im Gegenzug müssen Sie mir sagen, wer S*ie* sind und was ihr Hintergrund ist. So weiß ich, wozu Sie fähig sind, und wir werden beide ein besseres Gespür für unsere Optionen haben.«

»Abgemacht! Aber vorher müssen wir diesen SUV loswerden.«

»Was? Ohne Räder kommen wir nicht weit.«

»Mit diesen Rädern kommen wir vielleicht sowieso nicht weit. Jake kann uns folgen. Und wenn er will, kann er das Auto sogar vom Büro aus sperren. Das Letzte, was wir jetzt brauchen, ist, am Straßenrand blockiert zu sein, wenn die Regierungsheinis nach Ihnen suchen.«

»Würde er das tun?«

Trent dachte das eigentlich nicht, aber er wollte auch nicht auf die harte Tour herausfinden, dass er sich geirrt hatte. »Es ist das Risiko nicht wert.«

Sie wurde blass und nickte. »Gut, dann servieren wir es ab. Ich kann ein Auto kurzschließen.«

Er grinste bei der Vorstellung. »Ja, das kann ich auch. Ich habe einen anderen Plan.«

»Verraten Sie ihn mir?«

»Wir fahren zurück zum Campus von Potomac. Oder zumindest in die Umgebung.«

»Was? Ich dachte, wir waren uns einig, dass wir *nicht* zurückfahren.«

»Tun wir auch nicht, nicht wirklich. Jake wird auf dem GPS sehen, dass wir zurückfahren. Das wird ihn beruhigen und uns etwas Luft verschaffen. Aber wir werden nicht ins Büro gehen. Sobald wir in die Nähe der Anlage kommen, werden wir das Auto an einem Ort abstellen, wo es Jake leicht finden kann.«

»Und dann?«

»Und dann gehen wir nebenan zum Rennsportverein und leihen uns einen Wagen.«

»Leihen?«

»Leihen«, versprach er.

7

Olivia drehte das Armband am Handgelenk herum und starrte auf das Display des Kommunikationsgerätes. Ihr Finger schwebte über den Knopf, der es aktivieren und ihr ermöglichen würde, Langley zu erreichen. Darauf war sie für eine solche Situation trainiert worden.

Und dennoch. Sie zog den Finger zurück. Sie vertraute dem Beinahe-Fremden, der neben ihr saß, mehr als ihren Chefs und Kollegen – was keinen Sinn ergab.

Sie kannte ihn doch kaum. Dennoch hatte das FBI laut Aussage seines Chefs die Verfolgungsjagd auf sie aufgenommen. Was wäre, wenn Potomac hinter dieser ganzen Sache steckte und sie ein Spielstein in irgendeinem politischen Spiel war?

Sie warf einen weiteren Blick auf Trent. Sein

geballter Kiefer und seine Konzentration deuteten darauf hin, dass er ihre Situation ernst nahm.

Es könnte auch nur Theater sein.

Aber Trent machte nicht auf sie den Eindruck, als wäre er ein Typ, der Spielchen spielt. Immerhin hatte er für sie ein Flugzeug gestürmt. Sie fragte sich, ob Mateo den kleinsten Finger angehoben hätte, um ihr zu helfen. Natürlich war das ein unfairer Test, weil ihr Mann nicht wusste, wer und was sie war.

Sie hatte nie die Absicht, ihn in die Irre zu leiten. Sie hatte sich damals wirklich in ihn verliebt. Und als sie, wie sie dazu verpflichtet war, ihre Gefühle ihren Vorgesetzten beichtete, ermutigten sie die Beziehung, wiesen sie aber an, ihre Identität als NOC geheim zu halten. Schon damals verstand sie, dass der Geheimdienst ihre Beziehung aus operativen Gründen zuließ. Aber in den berauschenden Tagen zu Beginn ihrer Liebe war es ihr egal, warum sie den Segen der CIA bekommen hatte, nur dass sie ihn hatte.

Und als ihr Mateo an einem windgepeitschten Strand mit Feuerwerkskörpern, die am Himmel explodierten, einen Heiratsantrag gemacht hatte, sagte sie von ganzem Herzen ja, und nicht aus irgendeinem strategischen Grund. Sie erzählte ihren Chefs von ihrer Verlobung und hoffte, dass sie, nachdem sie mit ihm gesprochen hatten, ihren administrativen Segen geben würden, einen Ausländer zu heiraten. Stattdessen sagten sie ihr, sie könne ihn zwar heiraten, aber sie dürfe niemals verraten, was sie tat, auch nicht nach der Hochzeit. Es war eine ungewöhnliche, fast unerhörte Forderung für eine verheiratete Agentin. Aber sie war verliebt, also akzeptierte sie die Bedingungen.

In den letzten drei Jahren hatte sie sich oft gefragt, wie groß die Distanz zwischen dem, was das Ergebnis der Geheimnisse war, die sie bewahrte, und der Lügen, die sie erzählte. Sie wusste, dass es die Ursache eines Großteils ihrer Probleme war. Aber seine unzähligen Geliebten trugen auch eine Menge dazu bei.

Konzentriere dich. Vergiss Mateo. Treffe eine Entscheidung.

Sie blickte Trent an. Er starrte auf die Straße und bewegte nervös seinen Kiefer. Sie könnte das Kommunikationsgerät aktivieren. Langley würde sie im Handumdrehen herausholen. Und sie würde sicherstellen, dass sie Trent halfen, eine Strafverfolgung zu vermeiden. In Gedanken ging sie den Notfallcode und eine Reihe von langen und kurzen Tastendrücke durch.

Sie holte tief Luft und bereitete sich darauf vor, den Knopf zu drücken, um das Gerät zu aktivieren. Aber dann, bevor sie es berühren konnte, leuchtete das Display des Kommunikators auf. Sie blinzelte drauf und beobachtete, wie der Zahlencode blinkte. Sie entschlüsselte die Nachricht sofort:

Quizabend.

Diese Botschaft könnte nur von einer Person kommen. Und dies war nicht ihr Vorgesetzter. Es war niemand vom Western Hemisphere Desk. Noch nicht einmal vom Geheimdienst. Das bedeutete, dass es jemand war, dem sie wirklich vertrauen konnte. Marielle.

Sie tippte ihre Antwort aufs Display.

Trent sah zu ihr hinüber. »Was machen Sie?«

Sie hielt einen Finger hoch. »Auf eine Einladung antworten. Sekunde.«

»Sie sollten wirklich nicht–«.

»Psst.«

Die nächste Nachricht kam schnell durch. Der Schreck fuhr ihr durch Mark und Bein, als sie sie verarbeitete.

»Fahren Sie bitte sofort rechts ran...«

»Olivia, wir müssen –«

»Es ist wichtig.«

Er pustete aus, fuhr aber an den Straßenrand und brachte das Fahrzeug zum Stehen.

»Danke.« Sie fummelte mit zitternden Händen am Armband. »Können Sie mir bitte damit helfen?«

Er hob überrascht eine Augenbraue hoch. »Gerne.«

Sie drehte ihr Handgelenk, um die Unterseite zu entblößen, und er löste den Verschluss. Er fuhr mit einem Finger über ihre bloße Haut und ließ dann das Armband in ihre Hand fallen.

Sie zwang sich, den leichten Schauer zu ignorieren, den seine Berührung tief in ihr erweckte.

»Danke.« Sie schloss ihre Faust um das Armband herum und versuchte den Türgriff zu bewegen. Die Kindersicherung war immer noch eingeschaltet. »Entriegeln Sie die Kindersicherung, bitte.«

Gesagt, getan und sie hüpfte aus dem SUV. Sie joggte zum Seitenstreifen, legte das Armband ins Gras und hob ihren rechten Fuß an. Dann stampfte sie mit der Ferse ihres Stiefels auf den Tracker und zermalmte die empfindliche Elektronik im Inneren. Zur Sicherheit noch einmal dasselbe, dann kickte sie die Einzelteile ins Feld und rannte zum Auto zurück.

Sie hüpfte hinein und während sie die Tür schloss, war Trent schon wieder auf der Autobahn.

»Glücklich?«

»Ja. Damit müsste die Angelegenheit erledigt sein.«

Nach einem Moment fragte er: »Was war das für ein Ding? Ihr verdeckter Kommunikator?«

Warum war sie nicht überrascht, dass er Covcoms kannte?

»Ja, allerdings.«

»Und Sie haben beschlossen, ihn zu zerstören, weil ...«

»Weil gerade zwei Botschaften durchkamen.«

»Ihr Boss?«

»Nein. Eine Freundin. Sie arbeitet nicht für den Geheimdienst. Sie ist ein Datenfreak. Sie sagte, ich müsse das Ding unbedingt loswerden. Also habe ich es gemacht.«

»Sie vertrauen ihr.«

Es war keine Frage, aber sie beantwortete sie trotzdem. »Ja, das tu ich.«

Er nickte. »Okay. Es klingt, als ob Langley draußen wäre.«

»Nicht ganz. Nachdem wir dieses Auto durch ein anderes ausgetauscht haben, sollten wir in eine kleine Stadt namens Shenandoah Falls fahren. Dort gibt es einen irischen Pub. Marielle wird uns dort treffen.«

»Ich glaube nicht –«

»Hören Sie, wir müssen wissen, womit wir es zu tun haben. Und Marielle kann helfen.«

Er seufzte, wollte aber nicht streiten. »Was war Ihr Auftrag in Mexiko-Stadt?«

»Ich habe HUMINT, also Informationen durch menschliche Quellen über einen chinesischen Handyhersteller und seine Regierungsverträge mit Mexiko gesammelt.«

»Qīng Líng?« In seiner Stimme lag eine gewisse Unruhe.

»Ja, sie kennen Sie?«

»Ich weiß, dass die Nationale Sicherheitsbehörde glaubt, dass das Unternehmen ihre Handys benutzt, um US-Bürger auszuspionieren.«

Sie nickte. »Das tun sie mit ziemlicher Sicherheit – nun, soweit sie in der Lage sind, es zu tun. Es steht außer Frage, dass das Unternehmen ein Agent der chinesischen Regierung ist, aber wir konnten das Risiko in den Staaten auf ein Minimum einschränken.«

»Die Telefone sind verboten, oder?«

»Ja. Kein US-Einzelhändler darf sie verkaufen. Aber wenn Sie eines im Ausland oder online kaufen, können Sie es aktivieren. Sie wissen schon. Das Risiko bleibt bestehen.«

»Und in Mexiko?«

»Tja, dank des Verbots war QL nicht in der Lage, einen echten Einzug in den nordamerikanischen Markt zu halten, vor allem jetzt, da Kanada auch den Verkauf der Telefone verboten hat. Aber Lateinamerika ist eine ganz andere Geschichte. Es gibt Länder mit unterentwickelten, alternden Mobilfunknetzen. Und in die meisten kommt QL herein und baut unentgeltlich hochmoderne Mobilfunkmäste.«

»Wo ist der Haken?«

»Im Gegenzug erhalten sie die Dienstleistungsverträge von der Regierung für mindestens das nächste Jahrzehnt. Innerhalb von drei Jahren wird QL voraussichtlich der größte Mobilfunkanbieter in Süd- und Mittelamerika sein.«

Er gab einen leisen Pfiff von sich. »Das wird den Schlipsträgern ganz schön Sodbrennen bereiten.«

»Ja. Es hätte schlimmer kommen können. Die Diplomaten haben einen Deal mit der mexikanischen

Regierung ausgearbeitet, um QL zumindest von der US-Grenze fernzuhalten. Zumindest dachten sie es.«

»Aber?«, erwiderte er.

Sie atmete aus. »Ich weiß es nicht. Ich habe mit eigenen Augen Unterlagen gesehen, die bestätigen, dass QL nicht zur Teilnahme an der Ausschreibung zur Errichtung von Masten in nördlichen mexikanischen Staaten eingeladen war. Ich habe diesbezüglich einen Bericht vorgelegt.«

»Das ist gut. Es bestätigt, was die Diplomaten gesagt haben. Oder?«

»Stimmt. Nur heute Morgen wurde mir von einem Berater der Senatorin mitgeteilt, dass meine Info falsch war.«

Er trommelte mit den Fingern auf dem Lenkrad. »Ein Berater von Senatorin Anglin?«

»Ja.«

»Also hat Ihnen die Senatorin, die im Geheimdienstausschuss sitzt, gesagt, dass Sie Langley falsche Informationen geliefert haben und dann hat man Sie zu uns geschickt.«

»Halt. Was? Nein, Anglin sitzt im Kommunikations- und Technologieunterausschuss.«

Er betrachtete sie argwöhnisch. »Jake sagte Geheimdienst.«

Olivia Hals zog sich zusammen. »Mist.«

»Ist das wichtig?«

Sie hustete eine Antwort heraus. »Ja. Ich nahm an,

dass sie ein technologisches Interesse hat. Aber wenn mein Name vor den Geheimdienstausschuss kommt ... dann hat mich jemand intern enttarnt.«

»Könnte es nicht sie selbst gewesen sein?«

»Senatorin Anglin? Nein, Auf keinen Fall. Sie und meine Mutter sind zusammen aufs College gegangen. Sie ist seit Ewigkeiten eine Freundin der Familie.«

»Aber sie weiß, dass Sie ein NOC sind?«

»Jetzt, ja. Ich meine, sie wusste, dass ich eine entsprechende Ausbildung absolviert habe und ich nehme an, *sie* vermutete, dass ich für die Behörde in der einen oder anderen Funktion gearbeitet habe.«

»Was ist Ihre Tarnung?«

»Ich arbeite im Bereich der Telekommunikation in Mexiko-Stadt und gebe eine Fachzeitschrift heraus. Senatorin Anglin weiß, dass Mateo eine Führungskraft in der Branche ist. Und sie hat in der Vergangenheit mit mir über QL geredet. Aber heute ist das erste Mal, dass mich jemand von ihrem Personal direkt auf einen meiner Berichte angesprochen hat.«

»Sie hat mit Ihnen geredet, weil sie der CIA nicht traut.«

Er hatte recht, aber beim Gedanken an diese Wahrheit wurde ihr mulmig. »Wenn das Western Hemisphere Desk gefährdet ist, bin ich eine tote Frau.«

»Nein, das sind Sie nicht.«

»Nein?«

»Ich werde nicht zulassen, dass Ihnen irgendetwas

zustößt.« Seine Stimme klang überraschend überzeugend und beruhigte ihre angespannten Nerven.

»Das ist ein gutes Stichwort. Jetzt sind Sie dran– wer sind Sie wirklich?«

»Die Kurzgeschichte? Ich bin ein ehemaliger Navy-Seal.«

»Lassen Sie mich raten. Team 6?«

»Technisch gesehen wird es jetzt Task Force Blue genannt. Aber ja.«

Sie nickte. Das passte. Sie konnte ihn sich sehr gut in der Spezialeinheit für Terrorismusbekämpfung vorstellen. Verantwortlich für alles, von der Aufklärung bis zur Geiselbefreiung über Attentate und Aufträge, die sie sich wahrscheinlich noch nicht einmal im Traum vorstellen konnte, war das Team 6 eine Legende.

»Welches Geschwader?«

Er warf ihr einen Blick zu, als ob er überrascht wäre, so etwas gefragt zu werden. Oder aber er wollte es ihr nicht sagen. So oder so, er klammerte sich ans Lenkrad und richtete seine Aufmerksamkeit wieder auf die Straße, bevor er antwortete. »Schwarz«.

Sie wartete, aber die Ein-Wort-Antwort erschien ein voller Satz zu sein. Sie wusste nicht viel über das schwarze Geschwader. Traditionell bestand es aus Scharfschützen – erschreckend gute. Aber nach dem 11. September wurde das schwarze Geschwader wieder in eine Spionageabwehreinheit umfunktioniert. Die Mitglieder wurden immer noch als Scharfschützen angesehen, aber sie führten auch einige Spionageaufgaben auf eigene Faust durch.

»Sie waren Undercover?«

»Ja. Mein letzter Auftrag war Teil eines Zwei-Personen-Undercover-Teams in Nigeria.«

»Nun, wenn ich mit jemandem auf die Flucht gehe, dann ist ein ehemaliger Spion des schwarzen Geschwaders wahrscheinlich das Beste, was mir passieren kann.«

Sie sagte es leichtfertig, aber er machte plötzlich ein trauriges Gesicht.

»Habe ich etwas Falsches gesagt?«

Er biss sich für einen Moment auf die Zähne, dann entspannte sich sein Gesicht und er bewegte den Hals hin und her. Er fuhr sich mit einer Hand durch die Haare und rang mit der Antwort.

Schließlich nickte er und sagte: »Sie sollten es wissen, wenn wir zusammen in die Schlacht gehen. Es ist nur gerecht.« Seine Stimme wurde leise. »Wussten Sie, dass wir nach der Integrierung des schwarzen Geschwaders in die Spionageeinheit ein paar Frauen hinzugenommen haben?«

Ja, das wusste sie. Es war große Neuigkeit innerhalb des Geheimdienstes. »Ja. Zweier-Teams. Ein Mann, eine Frau.«

»Richtig.«

»Also war Ihr Partner in Nigeria eine Frau?«

»Ja, in der Tat. Und sie starb, weil ich sie im Stich gelassen.«

Olivia wollte ... etwas sagen. Aber es kamen keine Worte. Er schien es nicht zu bemerken.

»Boko Haram nahm sie gefangen und tötete sie.«

Seine Augen konzentrierten sich auf die Straße. Eine Vene an seiner Schläfe pochte. Er schluckte, und sein Adamsapfel hüpfte.

Nach einem langen, stillen Moment legte sie ihre Hand auf seinen rechten Unterarm. »Das tut mir leid, Trent.«

Er nickte schwer. »Ich bin damit nicht richtig fertig geworden.«

»Natürlich nicht. Sie war Ihre Partnerin.«

Er lachte schallend. Der Ton hallte im Führerhaus.

»Nicht richtig damit fertig geworden ist ein wenig untertrieben. Ich habe den geheimen Unterschlupf verwüstet, in dem ich wohnte, ein paar Löcher in die Wände gebohrt und mich mit meinem befehlshabenden Offizier angelegt. Rechtlich gesehen, hätte ich dafür in den Bau wandern müssen. Aber Jake hat sich mit meinem Truppenführer in Verbindung gesetzt und ihm ein Angebot gemacht. Im Gegenzug dafür, dass ich für Potomac arbeite, werde ich mit einer ehrenhaften Entlassung ausgemustert.«

»Er rettete Ihre Karriere.«

»Er hat wahrscheinlich sogar mein Leben gerettet,

weil ich nach Carlas Tod auf die falsche Bahn geraten war.

Es überraschte sie nicht, dass ein Navy-Seal emotional auf den Verlust eines Teammitgliedes reagiert, vor allem auf den seiner Partnerin. Aber dennoch schien dieser rohe Schmerz auf Trents Gesicht viel tiefer zu sitzen und sie fragte: »Sie war mehr als nur Ihre Partnerin, richtig?«

Er schloss kurz die Augen, bevor er antwortete. »Jake weiß es, aber sonst wusste es niemand im Team. Carla und ich waren ein Liebespaar. Das war ein operationeller Fehler. Und ich bin mir sicher, dass meine Gefühle für sie mein Urteil nicht getrübt haben, als ich sie zu Boko Karam gehen ließ, ohne mich zu informieren.«

»Trent—«

»Versuchen Sie nicht, mich zu trösten, Olivia. Lassen Sie das.« Er spuckte die Worte aus und schüttelte ihre Hand von seinem Unterarm.

Sie faltete die Hände in ihrem Schoß. »Natürlich kannte ich Carla nicht. Aber ich weiß, dass eine Frau, die sich von anderen beeinflussen lässt, keine Chance im schwarzen Geschwader bekommt. Ich bezweifle daher ernsthaft, dass Sie in der Lage gewesen wären, sie von ihrer Entscheidung abzuhalten, zu diesem Treffen zu gehen.«

Er gab ein sarkastisches, jedoch bestätigendes Geräusch von sich. »Da haben Sie recht«.

Sie verfielen in ein Schweigen, das sich wie die Straße vor ihnen, ins Unendliche zu dehnen schien. Sie fuhren einen Hügel hinauf und an einer malerischen Pferdefarm und einem Weinberg vorbei.

Dann begann er wieder ein Gespräch. »Diese Unterlagen, die Sie über die Ausschreibung für den Mobilfunkmast gesehen haben – wie haben sie die zu Gesicht bekommen?«

Sein Ton machte deutlich, dass er die Antwort schon kannte, aber sie sagte es ihm trotzdem. »Sie lagen zu Hause, im Büro meines Mannes.«

»Und er arbeitet auf Vorstandsebene in einer chinesischen Handy-Firma, nicht wahr?«

»Richtig. Qīng Líng.«

»Sie haben Ihren Mann ausspioniert.«

Der Abscheu in seiner Stimme ging ihr an die Nieren. Es gab nichts weiter zu sagen als die Wahrheit.

»Ja.«

Sie biss sich so hart auf die Lippe, dass sie fast blutete. Sie war eine gemeine, treulose Gestalt. Sie wusste es; sie wusste es schon eine ganze Weile. Aber jetzt wusste Trent es auch.

8

Das SUV-Kommunikationssystem machte sich bemerkbar. Trent beugte sich vor und drückte den Lautsprecher.

»Wir sind nur wenige Minuten entfernt, Boss. Zehn Minuten maximal.«

»Ja, ich weiß, Ich beobachte euch auf der Karte. Tu mir einen Gefallen und schalte den Lautsprecher ab.« Jakes Stimme knisterte voller Sorge.

Olivia und Trent blickten sich an. Sie zog ihre Stirn in Falten. Ein Atem stockte in ihrer Lunge. Sein Beschützerinstinkt machte sich bemerkbar. Mannomann, diese Frau hatte es ihm angetan. Er lächelte, um sie zu beruhigen.

»Stimmt etwas nicht?« Seine Stimme blieb cool und beherrscht.

»Nimm den Ohrhörer.«

Er runzelte die Stirn und fummelte das Gerät aus der Mittelkonsole. Er steckte es ins Ohr und es ertönte ein elektronischer Piepton. »Hab ich.«

»Hör mal, ich habe gerade eine Burn Notice erhalten. Olivia Santos wurde als Doppelagentin für die Chinesen identifiziert. Sie wird vom FBI in Gewahrsam genommen, sobald ihr hier seid, und dann wird sie an die CIA übergeben. Die Agenten sind da, wenn ihr kommt.«

Trent schwieg.

»Trent, hast du mich gehört?«

Er blickte Olivia an, die ihn mit großen Augen anstarrte und darauf wartete, zu erfahren, was vor sich ging, bevor er antwortete. »Ja, ich habe dich verstanden.«

»Mach keine Dummheiten, okay? Ich weiß, dass du was für dieses Mädchen übrig hast, aber denke mit deinem großen Kopf, nicht mit dem kleinen.«

»Wen nennst du klein?« Trent machte den Witz im Autopilot.

»Das ist nicht lustig. Behalte einen kühlen Kopf, wenn du ankommst. Ich brauche dir nicht zu sagen, wie sie reagieren wird, sobald sie merkt, dass sie ertappt wurde.«

»Ich bin mir nicht sicher, ob das richtig ist, Kumpel. Ich denke–«

»Was auch immer sie ist, sie ist eine gut ausgebildete CIA-Agentin, Trent. Die Frau ist gefährlich, und sobald sie merkt, dass sie in die Enge getrieben wird, könnte es sich tödlich auswirken.«

Trents Magen krampfte bei der Sorge in der Stimme seines Freundes. Aber Jake irrte sich. Olivia war nicht gefährlich. Sie war verletzlich. Und er würde sein Versprechen einlösen, sie zu beschützen – so, wie er Carla hätte beschützen sollen.

»He, ich muss jetzt los. Wir kommen zu dieser Radarfalle, wo sich die Verkehrspolizei gerne hinstellt.«

»Alles klar. Bis bald.»

Der Anruf wurde getrennt. Er knurrte und riss den Kommunikator vom Ohr. Er schaltete ihn aus und warf ihn mit Getöse in die Mittelkonsole.

Olivia drehte sich zu ihm um. »Was ist los?«

»Es gibt eine Planänderung.«

»Was für eine Veränderung?« Sorgen trübten ihre Augen. Er war sich ziemlich sicher, dass er sich in diesen tiefblauen Gewässern verlieren könnte.

Hör doch auf, Trent Mann! Du musst dich konzentrieren.

Er zwang sich, seine Aufmerksamkeit zurück auf die Straße zu lenken. »Wir werden folgendes tun. Gleich um die Kurve, gibt es eine große Kiesfläche. Wir werden am Straßenrand anhalten und Sie übernehmen das Lenkrad.«

»Wieso?«

»Ich springe heraus und schneide zu Fuß über das

Gelände des Rennclubs ab. Dort sind Wälder, die zu den Garagen führen. Ich leihe mir ein Auto und bringe es zu unserem Treffpunkt. In der Zwischenzeit fahren Sie auf den nächsten acht Kilometern nur etwa zweiunddreißig Stundenkilometer, nicht schneller.«

»Wieso?«

Er ignorierte die Frage. »Sie werden eine heruntergekommene Scheune vor sich sehen. Fahren Sie hinein – und – das ist äußerst wichtig – lassen Sie den Motor laufen. Dann warten Sie auf mich im Gemüsestand am Straßenrand.«

Es war kein großartiger Plan, aber es war ein anständiger Plan. Vor allem für einen, der improvisiert wurde. Das könnte funktionieren. Vielleicht. Wenn Jake von dem Schwarm mit Bundesagenten abgelenkt würde, sobald sie in Potomac eintrudelten.

»Trent, was ist passiert? Was hat Jake gesagt?«

Er seufzte. »Wir dürfen uns dem Potomac-Gelände nicht nähern.«

»Warum nicht?«,

Die Nachricht, die er überbringen müsste, wäre wie ein Todesstoß für eine CIA-Agentin. Aber sie würde es irgendwann herausfinden. Er atmete schwer aus. »Jake hat eine Burn Notice erhalten. Es geht um Sie.«

»Warten Sie mal. Was?« Ihr Gesicht verblasste.

»Die CIA hat den Geheimdiensten mitgeteilt, dass Sie von den Chinesen kompromittiert wurden und dass Sie wegen Landesverrats gesucht werden. Das FBI wartet dort darauf, Sie abzuholen und Langley zu übergeben.«

Sie öffnete den Mund, aber es kamen keine Worte. Nur ein kleines Ausatmen, der Hauch eines Atems. »Wenn Mateos Flugzeug abgehoben hätte ...«, sagte sie und war nicht mehr in der Lage, den Satz zu beenden.

Es war unvorstellbar, wie heftig dieser Schlag war, den sie gerade verarbeiten musste. Hätte dieses Flugzeug abgehoben, wäre sie an ein Geheimgefängnis der CIA ausgeliefert worden und hätte dort wahrscheinlich den Rest ihres kurzen Lebens verbracht. Ein unfreiwilliger Schauer lief Trend den Rücken hinunter.

»Ich verstehe aber nicht, warum das FBI involviert ist«, grübelte er.

Sie hörte nicht zu.

»Es gibt Schutzmaßnahmen. Sie können mich nicht einfach so überführen.« Ihre Wangen färbten sich wieder ein wenig und ihre Stimme war etwas energischer.

»Gesetzlich gesehen, haben Sie vermutlich recht. Aber wenn die da oben glauben, dass Sie eine chinesische Spionin sind, Olivia, bezweifle ich, dass sie sich zu sehr um Nettigkeiten kümmern werden.«

Sie schauderte, richtete die Schultern gerade und hob das Kinn. Entschlossen, nicht gebrochen. Die Porzellanpuppe hatte eine Wirbelsäule aus Stahl.

»Wird Jake nicht merken, dass etwas los ist, wenn er sieht, dass sich das Auto nicht bewegt? Er verfolgt uns, oder?«

»Ja, aber wie ich Jake gesagt habe, steht dort eine Radarfalle. Wir haben die Anweisung, auf dieser Strecke unter dem Tempolimit zu fahren, denn die örtliche Verkehrspolizei freut sich darüber, wenn wir in die Falle tappen. Gerüchten zufolge haben sie im vergangenen Jahr aus dem Erlös der Radarfalle von Potomac-Mitarbeitern einen komplett neuen Gesellschaftsraum errichtet. Er würde sich nichts dabei denken, wenn wir langsamer fahren.«

Es ermutigte ihn, den Anschein eines Lächeln auf ihren Lippen zu sehen. »Aber ..., wenn ich anhalte?«

»Er wird denken, dass wir an den Straßenrand gefahren sind. Er bemerkt es vielleicht nicht einmal. Solange der Motor läuft, wird er keine Audio-Warnung erhalten. Und ich bezweifle, dass er da sitzt und nur auf die Karte starrt. Nicht mit dem FBI im Haus.« Er hoffte es zumindest nicht.

»Klingt irgendwie zweifelhaft.«

Er fuhr an den Randstreifen und sah ihr in die Augen. »Ja, stimmt. Aber es ist einen Versuch wert. Wenn es klappt, haben wir einen ordentlichen Vorsprung, bevor das FBI feststellt, dass wir nicht kommen.«

Sie atmete aus und stimmte zu: »Es ist einen Versuch wert.«

»Ich werde mich beeilen, aber das FBI ist in der Nähe und sie werden wahrscheinlich denselben Weg dorthin nehmen, also bleiben Sie im Gemüsestand. Strecken Sie nicht den Kopf raus.«

»Verstanden.«

Er schaltete sein Handy ab und ließ es auf die Mittelkonsole fallen. »Das lasse ich im Fahrzeug. Ich schlage vor, dass Sie das Gleiche tun.

Sie nickte, schaltete ihr Telefon aus und legte es auf seines drauf. Dann löste sie ihren Sicherheitsgurt, um auf die Fahrerseite zu klettern und das Lenkrad zu übernehmen, während er die Tür öffnete und auf den Boden sprang, um loszulaufen.

»Warten Sie«, rief sie.

Er drehte sich um. Ihre Augen waren turbulent wie der Ozean nach einem Sturm. »Was?«

»Wollen Sie nicht fragen?«

»Was soll ich fragen?«

»Ob ich eine chinesische Spionin bin?«

Er grinste. »Nicht nötig. Ich vertraue Ihnen.«

Der Funke, der ihr Gesicht erleuchtete, reichte bis in seinen Bauch und wärmte seinen Körper. Er schlug die Tür zu und raste auf den langen, rot befleckten Zaun zu, der das Gelände des Rennklubs umgrenzte. Er kletterte einhändig hinauf, sprintete über den grünen Hügel in den Wald hinein.

9

Trent hüpfte mit einer geradezu anmutigen, fließenden Bewegung über den Zaun und sprintete über die grünen Hügel dahinter. Olivia schätzte, dass er diese Strecke unter fünf Minuten laufen würde. Gar nicht übel.

Sie überprüfte den Verkehr im Rückspiegel und fuhr mit dem SUV wieder auf die Autobahn zurück. Ihr Gehirn war taub und benebelt, ihre Hände schienen gar nicht mehr ihr zu gehören, als ob sie kein Teil von ihr wären. Sie war sich ziemlich sicher, dass dies eine Art Schockreaktion auf die Tatsache war, dass die Regierung, *ihre* Regierung, sie zur Verräterin und Spionin erklärt hatte.

Sie hatte die Lüge ihrer Tarnung so viele Jahre gelebt, dass sie sich nicht vorstellen konnte, einfach nur Olivia Santos zu sein. Ihre Gedanken wanderten zu Mateo, und sie fragte sich, ob sie ihn jemals wiedersehen würde. Aber im nächsten Moment erkannte sie, dass es egal war. Ihre Karriere war zu Ende, und ihre Ehe war zu Ende. Sie hätte ein Gefühl des Verlustes verspüren müssen. Ein Hauch von Wehmut. Irgendwas.

Sie konnte es einfach nicht fassen, dass man sie als Verräterin bezeichnete, aber der Gedanke, frei von Mateo zu sein? Dieser Gedanke gab ihr ein Gefühl der Leichtigkeit, als ob sie einen schweren Rucksack abschütteln würde.

Feiere den Tod deiner Beziehung später, warnte sie sich selbst. *Jetzt musst du dich erst einmal darauf konzentrieren, deinen Namen reinzuwaschen. Wenn du es kannst.*

Sie bedankte sich bei ihren Glückssternen, dass sie ihren Kommunikator zerstört hatte, bevor die Burn Notice verbreitet worden war. Hätte sie es nicht ... sie schauderte. Und dann erkannte sie, dass Glück nichts damit zu tun hatte. Marielle hatte sie beschützt. Sie hoffte, dass ihre Freundin ihre eigenen Spuren ausreichend verwischt hatte.

Mitgehangen - mitgefangen. Jeder, der ihr half, riskierte, als Verräter eingestuft zu werden.

Einschließlich Trent.

Bei diesem Gedanken stockte ihr Atem. Sie konnte es nicht zulassen, dass Trent, nur um ihr zu helfen, so mir nichts dir nichts seine Karriere in den Sand setzte, ganz zu schweigen von seiner Freiheit. Wenn sie erwischt würden, müsste er mit einer Anklage rechnen. Sie konnte ihn nicht in ihren Schlamassel hineinziehen.

Es machte sie verrückt und während sie hin und her überlegte, was sie tun sollte, entdeckte sie die Scheune, die er erwähnt hatte. Das Anständigste – Ehrenvollste – wäre, sich so weit von Potomac zu entfernen wie möglich, bevor Jake es merken und den SUV aus der Ferne abschalten würde.

Sie trat aufs Gaspedal und beschleunigte. Sie könnte einfach weiter fahren. Direkt aus Trent Manns Leben. Das einzige Problem bei diesem Plan war, dass, wenn Potomac den Motor tatsächlich jederzeit fernabschalten könnte, und wenn das FBI wirklich um die Ecke auf sie wartete, man sie innerhalb von Minuten festnehmen würde. Man würde sie verhaften, noch bevor sie die Chance hätte, ihren Namen reinzuwaschen. Sie nahm den Fuß vom Gas. Sie hatte einen Kloß im Hals.

Ihre Entscheidungen waren schwierig: Trent mit hineinziehen oder festgenommen werden. Sie musste sich jetzt entscheiden. Die Landstraße, die zur maroden Scheune führte, lag direkt vor ihr.

Trent vertrauen. Oder im Alleingang handeln.

Sie biss sich auf die Lippe, verließ sich auf ihre Intuition und fuhr mit dem SUV von der Autobahn ab. Sie holperte über den überwucherten Feldweg, der zur offenen Scheune führte, und fuhr schnurstracks hinein. Sie stellte den SUV ab und ließ ihn laufen.

Ich hoffe, das funktioniert.

Sie wiederholte die Worte als stilles Mantra, als sie aus dem Auto stieg und den Weg zum wettergeplagten Gemüsestand am Straßenrand zurücksprintete. Der Stand war mit einem Vorhängeschloss an der Holztür gesichert. Sie hatte weder die Werkzeuge noch die Zeit, sich welche zu suchen. Nicht, wenn jede Sekunde ein FBI-Agent vorbeifahren könnte.

Zum Glück war Finesse nicht ihre einzige Option. Sie zielte mit einem explosiven Mae-geri auf die Tür. Sie zersplitterte, prallte zurück und hing schief in ihrem Scharnier. Normalerweise würde sie sich schuldig fühlen, Privateigentum zu zerstören, aber dem Unkraut, den Spinnweben und dem verrottenden Holz nach zu urteilen, war die Hütte schon vor Jahren verlassen worden.

Sie duckte sich hinein und drückte sich gegen die Wand. Über dem Trommeln ihres Herzschlags dröhnten die Propellerblätter eines Hubschraubers in der Luft. Der Hubschrauber war in der Nähe und seine Passagiere suchten zweifellos nach ihr. Sie drückte ihre Hände auf die Ohren, um das Geräusch zu überdröhnen, aber sie konnte das hektische Pochen in ihrer Brust nicht unterdrücken.

Trents Lunge brannte und er beschleunigte über den letzten Hügel hinweg. Er schlüpfte zwischen den Bäumen hindurch, um in den Wald einzudringen, der in einem Hang endete und direkt hinter den Privatgaragen der Mitglieder des Valley Racing Club verlief.

Er erreichte den Waldrand und studierte Leilah Khans Parkbuchten. Er wartete einen Augenblick, um sicher zu stellen, dass keine Fahrer oder Mechaniker draußen standen, um zu rauchen oder telefonieren. Der Bereich war menschenleer. Er betrat die Lichtung und steckte die Hände in die Taschen. Er schlenderte zur kleinen Tür im hinteren Teil von Leilahs Garage und fragte sich, ob sie überhaupt da wäre.

Er zuckte mit den Achseln und klopfte an die Tür. Wenn sie nicht da wäre, würde er einen Weg finden, um hineinzukommen und sich ein Auto zu leihen, und es sie später wissen lassen. Doch schon nach wenigen Sekunden tauchte der Rand eines fröhlichen roten Kopftuchs am Fenster auf.

Die Tür öffnete sich, und die kleine Rennfahrerin umarmte ihn mit einem Freudenschrei. »Trent, das ist eine Überraschung!«

Er befreite sich von dem ausgelassenen Gruß, trat hinein und schloss die Tür hinter sich. Als sie sein Gesicht betrachtete, verblasste ihr Lächeln.

»Irgendwas ist los. Ist was mit…Omar?«

»Deinem Bruder geht es gut«, sagte er schnell, um sie zu beruhigen.

»Wirklich? Du musste es mir sagen. Bitte.« Ihre Stimme bebte.

Die Khan-Geschwister verbrachten viel Zeit damit, sich umeinander und ihre gefährlichen Berufe zu sorgen: Leilah, weil Omar ein Undercover-Agent bei der Drogenfahndung war; Leilah, weil sie eine Berufsrennfahrerin war.

Er nahm ihre Hände in seine und blickte in ihre verängstigten Augen. »Soweit ich weiß, ist Omar nicht in Gefahr. Das verspreche ich dir. Ich bin hier, weil *ich* in Schwierigkeiten bin. Ich muss dich um einen Gefallen bitten.«

Ihr Gesicht klärte sich und sie atmete tief ein. »Gut. Oh, natürlich nicht gut, dass du in einer misslichen Lage bist. Ich meine–«

Er winkte ihre stotternde Entschuldigung ab. »Ich versteh schon.«

»Was brauchst du? Ich helfe dir, so gut wie ich kann.«

»Ich hatte gehofft, dass du das sagst. Ich muss mir ein Auto ausleihen.»

Sie nickte. »Sicher. Willst du an einem Rennen teilnehmen? Road Atlanta ist dieses Wochenende, oder?«

»Es ist nicht für ein Rennen. Ich brauche ein Fahrzeug, das zum Straßenverkehr zugelassen ist.

Eines, das Jake nicht verfolgen kann und nicht an mich gebunden ist.«

»Was ist los?«, Sie krauste die Stirn bei der Vorstellung, ihm hinter Jakes Rücken zu helfen.

»Ich kann es dir nicht sagen – zu deinem eigenen Schutz. Aber ich könnte einen Schlitten gebrauchen.«

Sie zeigte in Richtung der Schlüssel, die reihenweise vom Schlüsselbrett hinter ihrem Schreibtisch hingen. »Such dir was aus, aber wenn du versuchst, vom Radar wegzubleiben, viel Glück. Meine Autos sind nicht gerade unauffällig.«

Er kicherte. Das war vornehm untertrieben. Leilahs Autos waren wie Leilah – wunderschön, laut und schnell.

»Ich mache mir keine Sorgen um den Radar. Ich muss schnell sein und darf nicht verfolgt werden.«

Sie tippte mit einem scharlachroten Fingernagel an ihre Lippen. »Dann nimm doch Marie.«

»Tut mir leid, aber ich bin noch nicht mit all deinen Autos per Du. Welches davon ist Marie?«

Sie schnappte sich einen Satz Schlüssel vom Brett und gestikulierte, dass er ihr folgen sollte. »Komm, ich stelle dich vor.«

Sie führte ihn durch die hochglänzende Garage. Als sie die Beleuchtung einschaltete, glitzerte der Raum wie ein Luxus-Auto-Showroom, was es eigentlich auch war.

Sie fuhr zärtlich mit der Hand über die

Motorhaube eines kanarienvogelgelben Porsche Turbo 993 von 1995. »Das ist Marie. Marie, das ist Trent.«

»Freut mich, dich kennenzulernen, Marie«, sagte er todernst.

Sie war ein Prachtstück. Noch besser, sie hatte kein GPS und kaum Elektronik. Praktisch unauffindbar.

Leilah warf ihm die Schlüssel zu. »Sie ist vollgetankt. Brauchst Du noch was?« Geld, Essen? Egal was.«

»Das ist mehr als genug. Danke. Ich bin Dir was schuldig.«

»Sicher. Ich werde es mir merken und bei Gelegenheit einlösen. Sei vorsichtig.«

»Immer. Wenn jemand herkommt und fragt, ob du mich gesehen hast, sagst du bitte nein. Du willst sicher nicht wegen Beihilfe zu einer Tat angeklagt werden.«

»Auch nicht Jake?«

»Vor allem nicht Jake.«

»Vielleicht merkt er, dass ein Auto fehlt.«

»Sag ihm, es wäre gestohlen worden.«

Sie runzelte die Stirn. »Auf keinen Fall. Wenn ich es als gestohlen melde, wird eine Fahndung herausgegeben.«

»Ich weiß, aber besser das, als dass du mit mir vor die Hunde gehst. Omar würde mir bis zum Sankt Nimmerleinstag in den Hintern treten, wenn ich dich in Schwierigkeiten brächte.«

Sie lachte vergnügt. »Er ist wirklich der typische

beschützende große Bruder, nicht wahr?« Dann zog sie ihre Augenbrauen zusammen. »Oh, er wird sofort merken, dass Marie weg ist. Du hast gesagt, ich darf es niemandem sagen, dass ich dich gesehen habe. Das schließt Omar nicht ein, oder?«

Er holte tief Luft. Omar war ein Freund. Ein verlässlicher loyaler Typ. Wenn er wüsste, dass Trent in einem Schlamassel sitzt, würde er versuchen zu helfen. Aber dies war kein gewöhnliches Problem, das war ein Karriere-tötendes.

»Es wäre besser, wenn du es nicht erwähnst. Nur zu seinem Besten.«

Sie machte ein besorgtes Gesicht. »Bist du sicher, dass es dir gut geht?«

»Es wird alles gut.« Seine Stimme klang überzeugend. Er fragte sich, wen er zu überzeugen versuchte – sie oder sich selbst?

10

Olivia zeigte auf die Kneipe. Sie befand sich zwischen einem Vintage-Laden und einem Baumarkt. Trent duckte seinen Kopf und blickte über ihre Schulter durch das Beifahrerfenster.

»Gibt es Parkplätze?«

»Ja, aber nicht ganz optimal. Die Einbahnstraße dahinter ist schmal und endet in einer Sackgasse hinter dem Baumarkt.«

»Guter Ort für einen Hinterhalt. Schlechter Platz zum Parken.« Er fuhr bis zum Ende des Blocks weiter.

»Dort. Nach links abbiegen, dann noch ein paar Häuser weiter durch diese Gasse fahren. Dort ist eine Brotfabrik – oder zumindest gab es sie – der Parkplatz ist für die Öffentlichkeit zugänglich, wenn die Fabrik geschlossen ist.«

Er fuhr den Porsche die holprige Kopfsteinpflasterallee hinunter. Sie erreichten die alte Backsteinbrotfabrik, die an diesem Tag geschlossen war, und er parkte den knallgelben Sportwagen auf dem leeren Parkplatz unter einem Schild mit den Öffnungszeiten. Dann gingen sie in geselliger Stille zur Hauptstraße zurück.

Sie hatten bisher gute Teamarbeit geleistet, dachte sie. Sie sahen aus wie ein gewöhnliches Paar, das einen lässigen Spaziergang machte. Aber der Schein trügt, denn beide beobachteten die Straße von einer Seite zur anderen und hielten von Zeit zu Zeit zu einem angeblichen Schaufensterbummel an. Genau wie sie, prüfte er in der Scheibe, ob sie verfolgt wurden.

Sie erreichten die Kneipe, und er hielt die Tür für sie auf. Im dunklen Holzinneren war die Luft kühl und feucht, die Musik zu laut, und alle Oberflächen waren klebrig. Genauso, wie sie es in Erinnerung hatte.

Als die Glocke über der Tür ihre Ankunft ankündigte, schaute die Brünette, die am Empfangspult lehnte, von ihrem Handy auf und lächelte.

»He Leute«, sagte sie fröhlich. Sie begutachtete Olivia. »Ich kenne dich. Du bist eines der Quiz-Mädchen. Das ist schon eine Weile her.«

»Es ist über drei Jahre her«, konterte Olivia. »Ich kann nicht glauben, dass du dich an mich erinnerst.«

»Ich vergesse nie ein Gesicht.«

Super. Auch das noch. Die Kellnerin einer Bar mit einem fotografischen Gedächtnis.

»Hallo«, unterbrach Trent mit einem breiten, dicken Grinsen.

»Oh, hallo du«, sagte die Kellnerin.

Olivia warf ihm einen Blick zu. Dann erkannte sie seinen Plan. Die Gastgeberin hatte sie völlig vergessen und starrte Trent an, als wollte sie ihn auslöffeln. Ohne den Blickkontakt zu brechen, holte die Frau zwei übergroße plastifizierte Speisekarten unter dem Stand hervor und schenkte Trent ein überkandideltes Lächeln. »Nische oder Tisch?«

Olivia durchsuchte den nahezu leeren Speisesaal. Die Tische standen am langen Glasfenster entlang, sodass sie von der Straße aus sichtbar waren.

»Nische«, sagten sie und Trent im Einvernehmen.

Er kicherte und fügte hinzu: »In der Nähe der Küche, bitte.«

Olivia nickte stillschweigend. Schneller Weg zum Hinterausgang. Klug.

Die Kellnerin schleuderte ihr Haar über die Schulter und führte sie zu einer Ecknische, die im hinteren Teil des Raumes verborgen war. Olivia und Trent stürzten sich beide auf die Seite, die dem Eingang gegenüber lag. Trent kam zuerst dorthin und Olivia setzte sich widerwillig auf den Stuhl gegenüber von der Küche.

Die Kellnerin tänzelte mit einem Blick über die Schulter auf Trent, der es nicht zu bemerken schien.

Olivia las die Speisekarte. Sie hatte sich seit ihren Langley-Tagen nicht viel verändert.

»Sie könnten hier einfach rüberrutschen«, bemerkte Trent.

Sie schaute auf und blinzelte. »Wie bitte?«

»Ich pass auf Sie auf, keine Sorge. Aber wenn Sie mit dem Gesicht zur Tür sitzen möchten, können Sie sich neben mich setzen. Hier ist genügend Platz.«

»Wie ein frisch verliebtes Liebespaar, oder?«

»Klar.« Er klopfte mit der Handfläche auf den Sitz.

Sie verzog die Miene, aber so zu tun, als sei sie so sehr in Trent verliebt, dass sie es nicht ertragen könnte, einen halben Meter von ihm getrennt zu sitzen, war immer noch besser, als nicht zu sehen, was durch die Tür kam. Also quetschte sie sich dicht neben ihn, legte ihre Hand auf seine und klimperte mit den Wimpern. »Ich habe dich von da drüben aus soooo vermisst, mein Süßer.«

Trent brach in Gelächter aus und schnappte noch nach Luft, als sich ein Kellner mit zwei schwitzenden Wassergläsern näherte. Olivia studierte ihn, als er zwei Korkuntersetzer aus seiner Schürzentasche holte und sie auf den Tisch legte. Er war jung, zu jung, um hier gearbeitet zu haben, als sie und Elle den Quiz-Abend besuchten.

»Hallo Leute, Ich bin Caleb. Ich werde mich heute

Abend um euch kümmern. Soll ich euch ein paar Bierchen bringen? Oder einen Krug? Harp Lager wäre heute im Angebot.«

Natürlich war es das. Es war Dienstag. Dieser Ort war wie eine Zeitkapsel.

Trent gab ihr Zeichen mit den Augenbrauen. Ein Bier *würde* gut schmecken. Gott weiß, sie hatten es sich verdient. Sie hob den Zeigefinger. *Eins.*

Er nickte. »Wir nehmen jeder ein Glas Bier. Danke, Caleb.«

»Und eine Tasse Kaffee für mich. Schwarz, bitte«, fügte Olivia hinzu. Sie fühlte sich, als wäre sie tagelang wach gewesen. Kaffee war eine Notlösung, das wusste sie, aber er würde sie auf Trab halten, bis sie und Trent mit Marielle gesprochen und einen Platz für die Nacht gefunden hätten. Sie schob den Gedanken beiseite, die Nacht mit Trent zu verbringen, ganz gleich unter welchen Bedingungen.

»Sie haben recht.« Haben Sie schon gewählt oder brauchen Sie mehr Zeit?«

»Eigentlich warten wir noch auf jemanden.«

»Soll ich euch eine Vorspeise bringen, während ihr auf euren Freund wartet?«

Olivia wollte eigentlich nein sagen, aber ihr Magen knurrte eine eigene Antwort. »Vielleicht teilen wir uns ein paar Fritten?« fragte sie Trent.

»Gerne.«

»Bestelle ich sofort«, versprach Caleb.

»Vielen Dank. He, veranstaltet die Kneipe dienstags immer noch Quizabende?« Sie wusste nicht, warum ausgerechnet *das* die einzige Änderung sein sollte, die das Restaurant machen würde. Sie hoffte, dass es den Quizabend immer noch gab, denn der Lärm und das Chaos wären eine willkommene Deckung für Ihr Gespräch mit Marielle.

Caleb nickte. »Ja. Sie fangen sofort nach der Happy Hour an.«

Als der Kellner verschwand, um einen anderen Tisch abzuräumen, hob sie ihr Glas und nahm einen Schluck Wasser.

»Wer ist also diese Freundin, die wir treffen, und wie kann sie uns helfen?«

Sie nahm einen weiteren Schluck und antwortete. »Marielle ist Zielsucherin im Directorate of Digital Innovation.«

Er sah sie verständnislos an. »Eine bitte was in wo?«

Sie lächelte. »Sie ist ein Datenfreak—. Das DDI konzentriert sich auf digitale und Cyberspace-Ziele.«

»Also ist sie Analytikerin.«

Olivia rümpfte die Nase. »Sie und ich würden das so sagen. Aber sie würde nein sagen. Das gleiche würde auch der tatsächliche Datenanalyst im Nachrichtendienst sagen. Das DDI beschreibt die Zielsucher als ›Jäger‹. Elle sagt, dass man es mit dem Zusammensetzen eines Puzzles vergleichen kann.«

»Wie können sich eine Geheimagentin und ein Datenfreak über den Weg laufen?«, fragte Trent.

Sie lachte. »Hier. In der Damentoilette. Wir waren zusammen in der gleichen Trainingsklasse – natürlich verschiedene Programme. Und wir waren die einzigen zwei Frauen, die zu einem zwanglosen Quizabend erschienen. Sie machte mir Komplimente zur Farbe meines Lippenstifts und –«

»Der Rest war Geschichte? Klingt nach dem Konzept eines Freundschaftsfilms.«

Sie warf ihren Kopf zurück und lachte ein echtes, herzliches Lachen. Es war der erste Lichtmoment, den sie gespürt hatte, seit sie den J-turn ausgeführt hatte. »Irgendwie schon. Wir haben uns für den Quizwettbewerb zusammengetan und den Hauptpreis gewonnen – ein Jahr lang Gratisgetränke.«

»Kein Wunder, dass Sie die Gastgeberin erkannt hat.«

Sie lachte wieder, aber diesmal eher süßsauer. »Wir haben den Gratiscoupon nicht oft genutzt. Ich wurde etwa zwei Monate später in den Außendienst versetzt. Und dies ist erst das dritte Mal, dass ich wieder in den Staaten bin.«

Seine warmen Augen untersuchten sie. »Das ist bestimmt schwer.«

Ihre Brust zog sich zusammen und sie senkte den Kopf »Das gehört zum Job. Das wissen Sie sicher auch.«

Er bedeckte ihre Hand mit seiner großen Handfläche. Er malte mit seinem Daumen einen Kreis auf ihren Handrücken und ihre Haut erwärmte sich. »Ja, in der Tat. Deshalb weiß ich, dass es schwer ist.«

Sie zog ihre Unterlippe zwischen die Zähne und blickte ihn an, wurde aber von Calebs Ankunft vor der Antwort bewahrt. Er stellte jedem von ihnen einen Krug mit kühlem Bier vors Gesicht.

»Ich habe inzwischen frischen Kaffee aufgesetzt« versprach Caleb Olivia augenzwinkernd. »Und eure Pommes kommen gleich.«

Der Moment zwischen Olivia und Trent – was auch immer es gewesen war – war vorüber. Er zog seine Hand zurück und hob den Bierkrug an. »Auf alle Freunde, auf die wir uns verlassen können.«

»Darauf stoße ich an.« Sie stieß ihr Glas gegen seines und schlürfe das kalte Bier. »Also, Leilah Khan muss eine ziemlich gute Freundin sein. Sie hat Ihnen einen Porsche geliehen, ohne Fragen zu stellen?«

Er nahm einen langen Zug Bier, bevor er antwortete. »Ja, ist sie. Ich habe sie durch ihren Bruder kennengelernt. Omar ist Agent bei der amerikanischen Drogenbehörde. Er ist ein absoluter Profi. Ja, Leilah ist ein echter Knaller. Sie ist temperamentvoll und kämpferisch. Es ist bestimmt nicht einfach, eine weibliche, muslimische, professionelle Rennfahrerin zu sein, aber sie lässt den Eindruck erwecken, als ob es das wäre.«

Ein Schauder durchfuhr Olivia, der sich wie Eifersucht anfühlte. *Mach dich doch nicht lächerlich,* sagte sie zu sich selbst. Sie machte einen undeutlichen *Hmm-Ton* und konzentrierte sich auf ihr Getränk. Nach einem Moment sagte sie: »Es war aber wirklich nett von ihr, uns das Auto zu leihen. Aber... es ist ein wenig auffällig.«

»Ich weiß. Es ist eine provisorische Lösung. Wir müssen ein paar Einmal-Handys kaufen und einen neuen Wagen finden, sobald Ihnen Ihre Freundin gesagt hat, womit wir es zu tun haben.«

Als sie reagieren wollte, fielen ihr Leute am Kneipeneingang auf. Die brünette Gastgeberin deutete in ihre Richtung. Zwei Männer starrten Olivia und Trent an. Selbst aus dieser Entfernung deuteten ihr Auftreten, ihre Körperhaltung und ihr Aussehen ›schlechte Nachrichten‹ an.

»Kommen Sie mit«, sagte sie, ohne ihre Augen von den Männern zu nehmen.

Trent drückte ihre Hand. »Ich sehe sie. Haben Sie eine Waffe bei sich?«

»Nein«, sagte sie kläglich. »Meine Waffe ist in Mateos Flugzeug eingesperrt. Ich wollte sie nicht in das Reha-Zentrum meiner Großmutter bringen. Ich spiele immerhin eine verwöhnte Dame der gehobenen Gesellschaft, Sie erinnern sich? Das würde zu viele Fragen aufwerfen.« Sie hätte nie gedacht, dass sie sie jemals brauchen würde.

Sein Kiefer ballte sich. »Ist schon in Ordnung. Ich habe eine.«

Natürlich hatte er. Sie verfolgte die Männer mit ihren Augen, wie sie sich durch die Bar schlängelten und in ihre Richtung kamen. Beide waren etwa eins achtzig groß. Dunkles, kurzes Haar. Maßgeschneiderte Anzüge. Einer schwarz mit silbergestreifter Krawatte, der andere kastanienbraun und grau.

Trent kniff die Augen zusammen. »Der Typ auf der linken Seite trägt ein Schulterholster, und sein Freund hat ein Hüftholster auf seiner rechten Seite.«

Olivias Mund wurde bei der Bestätigung dessen, was sie vermutet hatte, trocken. Sie ignorierte das Bierglas, schlürfte ihr Wasser, aber ihre Kehle blieb eine Wüste. »Wir sollten verschwinden. Das könnte chaotisch werden.«

»Sie denken, die sind vom FBI?«

»Nein.«

»CIA?«

»Nein. Die sind vom CNI.«

»CNI? Sind Sie sicher? Die sind ziemlich weit weg von zu Hause.«

Das Centro Nacional de Inteligencia (CNI) war das mexikanische Pendant zur CIA. Sie studierte die herannahenden Männer unter ihren Wimpern.

»Ja, ich bin sicher.« Wissen Sie, wie man manchmal erkennen kann, ob jemand Europäer oder ein russischer Staatsangehöriger ist, ohne ein Wort mit ihm gesprochen zu haben, einfach nur durch den Stil der Kleidung oder ihrem Haarschnitt – ein kleines Detail, das man normalerweise nicht wahrnimmt?«

»Ja.«

»Nun, diese Jungs sind vom CNI. Das ist sicher wie Kloßbrühe.«

»Okay. Wo ist der Haken?«

»Haben Sie Bargeld?«

»Klar.«

Geben Sie Caleb einen Zwanziger und verschwinden Sie durch die Küche. Ich muss meine Nase pudern. Ich treffe Sie in dreißig Sekunden hinter dem Gebäude.«

»Ich glaube nicht, dass wir uns trennen sollten«, protestierte er.

»Ich muss eine Nachricht für Elle hinterlassen. Wir haben keine Zeit zu streiten. Gehen Sie.«

Sie rutschte aus der Nische und glitt an der Küchentür vorbei in Richtung Damentoilette, bevor er Zeit zum Streiten hatte. Als sie die Tür mit der Hüfte öffnete, suchte sie bereits in ihrer Tasche nach ihrem teuren, poppigen Lippenstift. Sie kritzelte zwölf Zahlen auf den Spiegel und wirbelte wieder herum. Sie war bereits aus der Tür, bevor sie sich völlig geschlossen hatte.

Sie raste zur Küche, schnappte sich ein gebogenes Fischfiletiermesser vom Magnetbrett, das über der Vorbereitungsstation hing, und steckte es mit der

Spitze nach unten in ihren Blusenärmel. Sie zerrte ihre Manschette übers Handgelenk, um das Messer zu verbergen. Ihre Bewegungen waren glatt, effizient und schnell. Sie lächelte einen verwirrt dreinschauenden Spüljungen an und raste durch die Metalltüren, die zum hinteren Gelände führten.

11

In stillschweigender Absprache eilten Trent und Olivia über das Gelände zur Hauptstraße. Mit etwas Glück würden sich die CNI-Agenten für eine Weile auf die Gasse hinter der Kneipe konzentrieren, bevor Sie merkten, dass die Beute ausgeflogen ist. Nicht, dass sich Trent im Allgemeinen auf den Faktor Glück verließ. Er verließ sich lieber auf sein Team. Sein Team, angeführt von Jake, war wahrscheinlich im Moment damit beschäftigt, ihn bis in die Hölle zu verfluchen. Jetzt müsse das Glück herhalten.

Er hatte einen schnellen Gang, aber sie passte sich seinem Tempo spielend an. Sein Adrenalinspiegel, der bereits im Restaurant hochgeschnellt war, stieg immer weiter. Sein Gehör würde schärfer, sein Blick konzentrierter und blockierte alles um ihn herum, außer der Bedrohung, die sie verfolgte. Er konnte es nicht leugnen – trotz der Gefahr oder vielleicht gerade deswegen – wieder in Aktion zu sein, fühlte er sich lebendig.

Als sie sich der Gasse mit dem Kopfsteinpflaster näherten, die zur Brotfabrik und ihrem Auto führte, berührte Olivia seinen Ellenbogen und neigte ihren Kopf. »Bereit?«

»Los!«

Sie tauchten in die Gasse ein und standen plötzlich einem der CNI-Agenten gegenüber – den mit der silbergestreiften Krawatte. Trents Herz klopfte wie wild. Die Mexikaner mussten sich wohl getrennt haben. Er drehte sich wieder zur Straße um. Der Partner des Mannes stand an der Einmündung der Gasse und blockierte den schmalen Durchgang. Sie waren gefangen. Neben ihm fluchte Olivia leise vor sich hin.

Er erwog, seine Waffe zu ziehen, entschied sich aber stattdessen, Jakes Lieblingsregel zu folgen: Niemals das erste Arschloch sein. Lass den anderen Typen zuerst seine wahren Farben zeigen. Dann reagiert man entsprechend.

Darauf musste er nicht lange warten. Beide Männer zückten ihre Handfeuerwaffen. Der Mann, der auf sie gewartet hatte, gestikulierte mit der Waffe. »Mrs Flores. Ich muss Sie bitten, mit uns zu kommen.« Er sprach in kaum akzentuiertem Englisch.

Olivia spuckte auf den Boden. »Santos. Ms Santos.«

Trent brach fast in Gelächter aus, als er sah, wie sie ein kleines Küchenmesser aus ihrem Ärmel hervorzauberte. Sie schwang es vor sich her.

»Was um –?« begann der Angreifer.

Olivia beschimpfte ihn mit einem spanischen Redeschwall. Trents Spanisch war passable, aber sie sprach so schnell und war so wütend, dass er die Nuancen nicht mitbekam. Er drehte sich so, dass sie Rücken an Rücken standen und richtete seine halbautomatische Pistole auf den zweiten Typen.

»Ich würde da stehen bleiben«, riet er dem Mann.

»Sie wissen nicht, in was Sie sich da eingelassen haben.«, teilte ihm der Agent mit. »Sie sollten verschwinden.«

Auf einer rationalen Ebene würde Trent dies als klugen Rat ansehen. Aber es war ein Rat, den er nie akzeptieren würde.

»Danke für Ihr Mitgefühl.« Er grinste, und der Agent zog die Stirn in Falten, unsicher, wie er Trent analysieren sollte.

Aus dem Augenwinkel heraus, beobachtete Trent, wie Olivia in einem wilden, unberechenbaren Muster mit dem Messer in der Luft herumfuchtelte. Aber Trent erkannte plötzlich, warum sie dies tat. Wenn einer der Möchtegern-Angreifer in ihre Spannweite käme, würde er es bereuen. Der Mann, der sie angesprochen hatte, war wie gebannt von der blitzenden Klinge. Der Mann am anderen Ende von Trents Waffe stand wie angewurzelt da.

Trent lehnte sich zurück und drückte Olivia eine Sekunde lang seinen Schulterrücken in die Schulter. Es war nur ein winziges Signal, aber er hoffte, sie würde es kapieren.

»Wir scheinen in einer Sackgasse zu stecken«, bemerkte er gelassen.

Silberstreifenkrawatte neigte den Kopf und begutachtete Trent. »Nicht ganz.«

Im diesem Bruchteil einer Sekunde, da der Mann abgelenkt wurde, stürzte Olivia auf ihn zu. Sie drückte die Klinge mit der rechten Hand gegen seine entblößte Kehle und schlug ihm mit der linken die Pistole aus der Hand. Sie polterte auf das Kopfsteinpflaster.

Trent wandte sich dem anderen Mann zu. Er konnte in den braunen Augen des Mannes lesen, dass er nicht schießen wollte. Trent aber auch nicht. Das Abfeuern einer Waffe mitten im Geschäftsviertel einer malerischen Kleinstadt – vor allem eines, das sich im Schatten des CIA-Hauptquartiers befand – war keine großartige Idee. Aber er würde es tun, wenn er müsste. Und er wusste, dass der CNI-Agent es auch tun würde.

Zeig ihm, dass du dazu bereit bist.

Mit dem Daumen löste er die Sicherheit seiner Smith & Wesson M&P mit einem Klick. Die Augen des Mannes weiteten sich. Sein Partner fing an zu schreien, aber Trent erhaschte eine blitzschnelle

Bewegung als Olivia den Ellbogen ihres freien Arms mit einem krachenden Geräusch auf das Schlüsselbein des Mannes donnerte. Der Warnschrei verwandelte sich in ein dumpfes Aufheulen.

Trent stabilisierte den Lauf der Waffe und zielte direkt auf die Körpermitte des Mannes. »Legen Sie die Waffe auf den Boden. Langsam. Ich bitte nur einmal.«

Der im braunen Anzug mit grauer Krawatte zögerte nicht. Er ging in die Hocke und legte seine Waffe auf den Boden, ohne seinen Blick von Trents Gesicht abzuwenden.

»Gut. Stehen Sie auf und gehen Sie auf mich zu.« Im Film hätte er dem Typen befohlen, die Waffe mit dem Fuß zu ihm zu kicken. Aber es war kein Film, und er war nicht daran interessiert, sich seine Kniescheibe durch ein Fehlfeuer zertrümmern zu lassen.

Der Mann hob die Hände über dem Kopf an und ging langsam voran. Trent grinste. Angehobene Hände, ein ausgebildeter Agent. Eine schnelle Bewegung, und Trent hätte eine gebrochene Nase und keine Waffe.

»Netter Versuch. Ich habe Ihnen nicht gesagt, dass Sie die Hände hochnehmen sollen. Senken Sie sie.«

Die Mundwinkel des Mannes zogen sich nach unten, als er seine saure Niederlage zugeben musste. Olivia eilte mit einem Satz baumelnder Handschellen zu Trent.

»Wo kommen die denn jetzt her?«

Sie warf den Kopf zurück. »Mein Freund braucht sie nicht. Er ruht sich ein wenig aus.«

»Sie haben ihn ausgeknockt?«

»Neee. Ich habe ihm die Sauerstoffversorgung abgestellt. Druck auf die Halsschlagader. Er wird nicht ewig im Jenseits bleiben, also wie wärs, wenn wir weitermachen?«

Er gestikulierte mit der Waffe. »Ladies first.«

Er ließ die Waffe auf dem verbliebenen Agenten gerichtet, während Olivia seine Arme hinter den Rücken riss und ihm die Handschellen anlegte. Nachdem er bewegungsunfähig war, nahm sie ihm die Krawatte ab und knebelte ihn damit.

»Was nun?«

Trent blickte über die Gasse. »Sollen wir sie für die Müllabfuhr hinter den Müllcontainer legen?«

Sie grinste und zog den Kerl zu dem rostigen blauen Behälter, der an einer Ziegelmauer stand. Sie schob ihn zu Boden und befahl ihm, hinter den Container zu krabbeln, während Trent seinen Partner holpernd über das Kopfsteinpflaster zerrte. Er bemerkte, dass Olivia den anderen Kerl auch mit seiner eigenen Krawatte geknebelt hatte. Eine nette Geste.

Sie setzten die CNI-Agenten nebeneinander in den Schatten des Müllcontainers. Trent versuchte, bei dem üblen Gestank von verrottendem Essen und abgestandenem Bier, der aus dem Müllcontainer wehte, nicht zu würgen. Olivia ging in die Hocke und nahm den Typen die Brieftaschen und die Schlüssel ab, während Trent die Waffen vom Boden in der Gassenmitte aufsammelte.

Sie zischte den Männern eine Warnung auf Spanisch zu, während das vertraute *Heulen* eines Streifenwagens die Luft erfüllte und rote und blaue Lichter die Gasse erhellten. Trent drehte sich um und sah einen schwarz-weißen Streifenwagen, der in die Gasse einbog. Er ließ die Waffen in seine Tasche fallen, inbrünstig hoffend, dass sie gesichert waren und schnappte sich Olivia.

»Was zum –?«

Er stieß sie gegen die rohe Ziegelwand und zerquetschte ihren Mund mit seinen Lippen. Sie wehrte und widersetzte sich, bis sie die Lichter oder das Martinshorn registrierte und erkannte, was vor sich ging. Sie entspannte sich in seinen Armen. Nein, sie entspannte sich nicht nur. Ganz im Gegenteil, sie drückte sich fest an ihn. Ihr Mund, heiß und hungrig, drückte nach vorne, um seine Lippen zu berühren. Sie wölbte ihren Rücken, und ein kleines Stöhnen entwich ihrem Mund.

Etwas instinktives, tierisches übermannte sie. Seine Hüften bohrten sich in ihre, und seine Zunge schob sich zwischen ihre geöffneten Lippen, um ihren warmen, feuchten Mund zu erkunden. Ihre Arme schlängelten sich über seine Schultern und ihre Finger zerfurchten seine Haare. Hitze überflutete seinen Körper. Sein Herz pochte wie wild in der Brust. Die Gasse rückte in den Hintergrund und es gab nichts weiter als sie. Ihre blauen Augen blickten in seine voller Leidenschaft und Verlangen. Ihr schlanker Körper drückte sich gegen ihn. Ihre Finger zerrten an den Haaren, eine berauschende Mischung aus Vergnügen und Schmerz. Er vergrub sein Gesicht in ihrem Hals und knabberte an der heißen, weichen Haut. Alle Gedanken verschwanden, alles, was übrig blieb, war das bloße Bedürfnis. Bedürfnis und –

»He ihr Turteltäubchen, macht das woanders.« Die verstärkte Stimme knisterte durch den Lautsprecher des Streifenwagens. Einen Augenblick später schlug eine Autotür zu und schwere Stiefel stürzten zu Boden.

Trent zog sich zurück, als wäre er mit Eiswasser übergossen worden. Olivias Gesicht war gerötet, und sie schnitt eine Grimasse, während sie seine Haare losließ und sich gegen seine Brust drückte. Sie lugte unter Trents Arm auf den Streifenpolizisten hervor.

»Tut mir leid, Officer«, rief sie mit roher, zitternder Stimme.

Neben ihr versuchte der nicht bewusstlose CNI-Agent um Hilfe zu schreien, aber der Schrei wurde durch den Knebel gedämpft. Trent setzte seinen Fuß locker auf das Handgelenk des Mannes und zermalmte den empfindlichen Knochen mit der Ferse. Das Geschrei stoppte.

»Ist schon in Ordnung«, antwortete der Beamte mit amüsierte Stimme »Aber seid ihr nicht ein wenig zu alt, um in einer Gasse zu knutschen?«

Trent lachte unbeholfen. »Sie haben recht, Sir. Wir verziehen uns schon.«

Der Polizist nickte und war gerade dabei, wieder in den Wagen zu steigen, als Trent Olivias Hand packte und sie in die entgegengesetzte Richtung zum anderen Ende der Gasse zog. Während sie liefen, zog er sie fest an sich und legte seinen Arm um ihre Wespentaille. Sie erstarrte.

»Er beobachtet uns. Spielen Sie mit«, flüsterte er in ihr seidiges Haar.

Sie schmieg sich an ihn. Ihre Hand glitt in seine Gesäßtasche, dann legte sie den Kopf an seine Schulter und sie gingen weiter.

Ihr angespannter Körper fühlte sich fremd an. Das Gegenteil von Carlas Kurven und Muskeln. Aber die Erinnerung an den leidenschaftlichen Kuss mit ihrer akrobatischen Zunge ließ ihn nicht mehr los. Ein kleines Knurren entwich seiner Kehle.

»Alles in Ordnung?«, fragte sie mit gedämpfter, belegter Stimme.

Er traute sich nicht zu sprechen, also nickte er.

Hinter ihnen hallte das Geräusch einer zuschlagenden Autotür an den Ziegelmauern wider. Ein Motor startete, der Streifenwagen fuhr rückwärts aus der Gasse und raste dann die Straße hinunter.

Während das Brummen des Motors verblasste, zerrte Olivia ihre Hand aus seiner Gesäßtasche und zog sich zurück. Sie schüttelte seinen Arm von ihrer Taille, und er versuchte, den eiskalten Schauer zu ignorieren, der ihn überkam.

12

Olivia legte mit zitternden Händen den Sicherheitsgurt an und starrte aus dem Beifahrerfenster. Heiße Tränen stachen in ihren Augen und sie blinzelte sie zurück.

Sie. Würde. Nicht. Weinen.

Sie war vielleicht ein zitterndes Elend, aber sie war fest entschlossen, nicht vor Trend zu weinen.

Trent betrachtete sie aufmerksam. »Alles in Ordnung? Dieser Idiot hat Sie doch nicht etwa verletzt?«

Sie lachte wider Willen. »Nein, ich bin nicht verletzt.« Sie zwang sich, ihn anzusehen. »Ich fühle mich gedemütigt.«

Er hob die Augenbrauen an. »Gedemütigt?«

Sie konnte es nicht fassen, er hatte es geschafft, ihm die Wahrheit zu sagen.

»Bei dem ... na ja, diese ... Szene in der Gasse.«

Er sah sie verständnisvoll an. »Also Olivia. Das war doch nur Tarnung. Aber eine verdammt gute, wie ich zugeben muss. Aber keine Sorge, es bedeutete nichts.« Er lächelte beruhigend.

Ihr Magen rutschte ihr in die Knie. Genau das war ja das Problem. Es *bedeutete* ihr etwas. Ihr Körper hatte noch *nie* auf einen Mann so reagiert, wie bei Trent. Die Berührung seiner Fingerspitzen hatte sie elektrisiert. Die Berührung seines Mundes mit ihren Lippen hatte sie durch und durch erhitzt. Und seine Zunge ... sie drückte ihre Hand gegen den Mund, der noch ganz besessen von seinen Küssen war, um ein Stöhnen zu ersticken. Sie konnte nichts mehr anderes, als darüber nachzudenken, wie es wohl wäre, jeden einzelnen Zentimeter seines muskulösen Körpers zu erkunden.

Du bist verheiratet.

Die Stimme in ihrem Kopf fauchte sie verächtlich und schockiert an. Sie schloss die Augen und atmete für einen Moment durch die Nase. Sie musste sich zusammenreißen. Sie schluckte schwer und öffnete die Augen. Er blickte sie immer noch an. Sie setzte eines ihrer Lächeln auf.

»Gut. Das ist gut. Ich wollte nicht, dass es Missverständnisse gibt. Sie wissen schon, weil ich–«

»Sie verheiratet sind. Ich habe es kapiert, Olivia.« Sein Ton war schroff.

»Richtig.«

Dann gab es eine lange Pause – eine schwere, dumpfe Stille. Dann räusperte er sich. »Irgendeine Idee, wohin? Wir können hier in der Stadt nirgendwo auf Ihre Freundin warten. Es wird nicht lange dauern, bis die Polizei diese CNI-Jungs findet.«

»Vermutlich nicht. Es ist jedoch unwahrscheinlich, dass sie reden. Sie werden eine Geschichte über einen Überfall erfinden.«

»Stimmt ja auch irgendwie«, betonte er und nickte auf den Haufen Geldbörsen, Waffen und Schlüssel im Fußraum.

»Das stimmt. Wie auch immer, ja, ich kenne einen sicheren Ort. Marielle wird uns dort treffen.«

Er betrachtete sie argwöhnisch. »Sie können sie nicht anrufen, Olivia.«

Sie reagierte gereizt. »Danke, Captain Oberschlau.«

»Mit Verlaub, es ist Lieutenant Commander Oberschlau. Ich habe es nie zum Captain geschafft.« Er grinste sie an. »Tut mir leid – ich habe vergessen, mit wem ich es zu tun habe.«

Sie konnte ihr Lächeln nicht unterdrücken. »Dass das nicht noch einmal vorkommt.«

»Nein, Ma'am, das wird es nicht. Wohin also?«

»Meine Familie hat ein Seehaus, etwa vierzig Minuten von hier entfernt, außerhalb der Shenandoah Falls. Sie kennen die Gegend?«

Er nickte. »Ich bin mal durchgefahren.«

Sie war nicht überrascht. Es war weniger als eine

Stunde von Potomac entfernt, und es hatte einige der besten Rafting-, Angel- und Wandermöglichkeiten im ganzen Bundesstaat.

»Es ist für die Saison geschlossen. Na ja, eigentlich es ist so ziemlich immer geschlossen. Niemand nutzt es. Kein W-LAN. Kein Kabel. Ich glaube nicht einmal, dass es dort noch ein Festnetz gibt. Ich bin schon seit vielen Jahren nicht mehr da gewesen.«

»Klingt wie ein großartiger Ort, um sich zu verstecken. Sind Sie sicher, dass es Ihre Freundin finden wird?«

Sie dachte an die verschlüsselte Nachricht, die sie auf den Spiegel in der Damentoilette gekritzelt hatte. »Ganz sicher. Sie weiß, wo sie hin muss. Sie war schon einmal dort. Ich hatte dort eine ... äh ... meinen Junggesellinnenabschied gefeiert.« Sie begutachtete ihre Hände.

»Ich dachte immer, dass die Junggesellinnen in einem trägerlosen Kleid, mit Tiara und Schärpe angeheitert durch die Stadt rennen?«

Sie zuckte mit den Schultern. »Diese hier ging angeln, machte ein Lagerfeuer und spielte Brettspiele. Ich meine, natürlich *gab* es Cocktails.«

Er sah sie fragend an. »Sie sind so voller Überraschungen, nicht wahr, Olivia Santos?«

Sie lächelte geheimnisvoll. Kein Grund, ihm zu sagen, dass das Ganze die Idee ihrer Brautjungfer und Cousine Chelsea war. Sie war aus Mexiko-Stadt zurückgeflogen, ohne zu ahnen, was auf sie zukommt. Sie hielt seinem Blick noch etwas stand und zuckte mit dem Mundwinkel.

»Wir sollten losfahren. Ich könnte mir vorstellen, dass gerade jetzt jemand nach diesem Auto sucht.«

Er drehte den Zündschlüssel um und der Porsche erwachte zum Leben.

»Sie haben recht«, sagte er, während der Motor schnurrte. »Wenn wir zum Tanken und für Verpflegung anhalten, kaufe ich ein Einwegtelefon, um Omar anzurufen. Ich wollte ihn eigentlich nicht involvieren, aber er kann uns ein weniger auffälliges Auto bringen und dieses Baby zu seiner Schwester zurückfahren.«

»Klingt wie ein Plan«, stimmte sie abgelenkt zu und blätterte durch die Geldbörsen, um einen Hinweis darauf zu bekommen, was die CNI von ihr wollte.

Sie erwartete sich nicht viel davon, wenn überhaupt etwas, aber sie konnte nicht dauernd in Trents warme braune Augen blicken, ohne sich an dieses Gefühl seiner Lippen auf ihrem Hals und an seine Hände an ihren Hüften zu erinnern. Und er hatte seine Gefühle deutlich gemacht: Es war ohne jegliche Bedeutung.

Trent packte Maries lederbedecktes Lenkrad mit solcher Wucht, dass seine Handflächen schmerzten. Es war die einzige Möglichkeit, sich von dem Bild abzulenken, das sich immer und immer wieder in seinem Kopf abspielte. Olivias freigelegter Hals und diese verdammt blauen Augen, dunkel vor Begierde, ihn verzehrend.

Du bist ein Depp, Trent Mann. Sie wird von der CIA gesucht. Vom FBI. Und von der CNI. Oh, ja, und sie ist mit einem mexikanischen Millionär verheiratet, der ein Privatflugzeug hat.

Er musste sie durch die unmittelbare Gefahr bringen, der sie ausgesetzt war und sie anschließend vergessen. Sie würde zu ihrem Idioten von Ehemann zurückkehren, und er würde wieder nach Potomac gehen, um Jake anzubetteln, ihn nicht zu feuern. Er war wirklich ein Volldepp.

Er trat fester aufs Gas als er eigentlich wollte und Olivia wurde zurückgeschleudert. Ihr Kopf prallte von der Kopfstütze ab.

»Tschuldigung«, murmelte er.

Sie zog eine Augenbraue hoch, sagte aber nichts.

Nach einem langen Augenblick deutete sie auf eine Werbetafel. »Auf der rechten Seite kommt ein kleiner Supermarkt. Es wird nicht alles haben, aber zumindest Grundnahrungsmittel.«

Er schielte auf das Schild. »Oh es in Merles Markt wohl billige Handys zu kaufen gibt?«

Sie nickte. »Wenn sie überhaupt Handys haben, dann bestimmt die billigen.«

»Soll mir recht sein.« Er räusperte sich. »Also, dieser Code, den Sie und Marielle verwenden – wie schwierig ist er zu entziffern?«

»Für einen Hacker? Keine Herausforderung. Für Lieschen Müller in der Damentoilette? Nur ein Haufen Zahlen mit Lippenstift gekritzelt. Elle und ich haben ihn benutzt, um interne Nachrichten zu senden, als wir Praktikantinnen waren. Wissen Sie, wir durften während der Schulung keine Handys dabei haben.«

»Klar.« Er wartete.

Sie seufzte. »Na schön. Ich habe ›Seehaus‹ rückwärts geschrieben und die Mitlaute durch ihre Zahl im Alphabet ersetzt.«

»Was ist mit den Selbstlauten?«

»Wir zählen die Selbstlaute getrennt, rückwärts. Also, wenn ›a‹ normalerweise ›1‹ wäre, ist es bei uns ›5‹.«

Er bewegte den Kopf hin und her. »Dann ist Seehaus ... 19-1-5-8-4-4-19?"

»Ich bin beeindruckt. Sie haben das so einfach im Kopf gemacht?«

»Tja, ich bin mehr als nur ein hübsches Gesicht.«

»Offensichtlich.«

Die Luft wurde wieder dick. Er hustete. »Was ist mit ›y‹? Ist es ein Selbstlaut oder ein Mitlaut?«

»Im Deutschen wird y vorwiegend in Fremdwörtern verwendet. Also im Englischen ist es manchmal das eine, und manchmal das andere. Bei einer Verwendung als ü wie ›Sylt‹ ist es null und bei Halbvokalen, die man als ›j‹ ausspricht, ist es ›25‹«

»Das ist ein ziemlich solider Code. Sicherlich mehr, als Sie brauchen, um Happy Hours zu planen?«

»Es gab nicht viele Frauen in unserer Klasse. Aber Belästigungen ... die gab es Haufenweise.« Ihr Gesicht wurde fahl und ihre Schultern versteiften sich. Sie hätte genauso gut ein blinkendes Neonschild tragen können, auf dem stand, dass dieses Thema unter die Gürtellinie geht.

Er konnte sich gut vorstellen, was sie und ihre Freundin durchgemacht hatten. Für Carla war es auch nicht die einfachste Zeit gewesen.

»Kapiert.«

»Da ist es.« Sie deutete auf eine baufällige Hütte mit einem schmutzigen Parkplatz. »Vielleicht sollten wir uns an vorverpackte Waren halten.«

»Meinen Sie?« Er fuhr um die Hütte herum und parkte das Auto, ließ es aber im Leerlauf.

Sie war gerade dabei, ihren Sicherheitsgurt zu lösen, als er den Kopf schüttelte. »Nein. Wenn sie jemanden suchen, dann sind es mit Sicherheit Sie und nicht ich. Sie bleiben hier.«

Er schnappte sich eine Baseballkappe mit Leilahs Logo vom Boden und klopfte den Staub ab. Dann setzte er sie auf und zog sie tief über die Augen. »Wenn jemand auftaucht, verschwinden Sie. Haben Sie mich verstanden? Geben Sie Vollgas und hauen Sie ab. Ich treffe Sie dann im Seehaus.«

»Sie wissen doch noch nicht einmal, wo es ist.«, protestierte sie.

Er drehte sich um, hakte einen Finger unter ihr Kinn und zwang sie, ihm in die Augen zu sehen. »Ich meine es ernst, Olivia. Wenn Ihnen irgendwas zustößt...« Er ließ einen langen, schaudernden Atem aus. »Ich würde es mir nie verzeihen.«

Sie beugte sich zu ihm hin. »Sie sind nicht für meine Sicherheit verantwortlich, Trent. Ich kann sehr gut auf mich selbst aufpassen.«

Ich kann sehr gut auf mich selbst aufpassen.

Die letzten Worte, die Carla jemals zu ihm sagte, hallten in Olivias Stimme wider. Er traute sich nicht zu sprechen, also riss er die Autotür auf und rannte an die Vorderseite des Ladens. Sein Herz pochte wie wild und sein Puls hämmerte im Hals.

13

Sie fuhren um den See herum und näherten sich dem Haus. Während das Auto in der fast völligen Dunkelheit über die unbefestigte Einfahrt holperte, krampften sich Olivias Hände um den Kaffeebecher und sie konzentrierte sich darauf, den Kaffee davon abzuhalten, überzuschwappen.

Wann war Mateo das letzte Mal so freundlich zu ihr wie der fast völlig Fremde auf dem Fahrersitz? Jahre her. Es war Jahre her, dass er ihr auch nur die geringste Beachtung geschenkt hatte.

Als Trent aus dem Minimarkt herauskam und mit zwei Papiertüten voller Lebensmittel und einen Kaffee zum Mitnehmen jonglierte, nahm sie an, er hätte ihn für sich selbst gekauft. Aber nein, er war für sie und übergab ihn ihr mit den Worten, er habe bemerkt, dass sie die Kneipe verlassen hatten, bevor sie den Kaffee trinken konnte. Diese winzige, freundliche Geste hatte sie fast vor Rührung zum Weinen gebracht.

Sie verstand ihre Reaktion nicht. Sicher, es war ein zermürbender, adrenalingeladener Tag gewesen. Dennoch, sie war eine ausgebildete CIA-Beamtin. Sie musste in der Lage sein, gelassen zu bleiben. Dennoch hatte sie eine lauwarme Tasse Muckefuck des Lebensmittelgeschäfts emotional fast umgehauen.

Vielleicht ist es der Mann, nicht der Kaffee.

Sie hatte sich immer noch nicht von dem Kuss in der Gasse erholt. Schnell erinnerte sie sich daran, dass es ohne Bedeutung war. Trotzdem holte sie Luft und sagte: « Ich habe um die Scheidung gebeten.«

Neben ihr wandte Trent seine Aufmerksamkeit von der dunklen Straße ab, die nur von den Scheinwerfern des Porsche beleuchtet wurde und drehte sich fragend zu ihr um.

»Sie haben Ihren Mann um die Scheidung gebeten?«

Sie schüttelte den Kopf. »Nein, ich habe den Nachrichtendienst darum gebeten. Als ich Mateo geheiratet habe, war mir nicht bewusst, dass sie von mir verlangten, seinen Geschäften nachzuspionieren. Ich wusste nicht, ob es das war, das den Brunnen vergiftet hatte oder ob wir einfach nicht zusammenpassten – zu viele kulturelle und Charakter-Unterschiede. Aber unser Verhältnis hatte sich recht schnell verschlechtert.«

Sie hielt inne, um ihre Gedanken zu sammeln, und er nahm dies als Aufhänger. »Ich habe gehört, wie er mit Ihnen gesprochen hat. Ich nehme an, das war nichts Ungewöhnliches?«

»Nein, absolut nicht. Die Situation ist schon seit Langem entgleist. Letztes Jahr habe ich dem Western Hemisphere Desk gesagt, dass ich Mateo verlassen möchte. Ich erhielt die Antwort, dass mir dies aus operativen Gründen verboten sei.«

»Verboten?«

»Richtig. Mein Status in diesem Land wäre infrage gestellt, wenn ich nicht mehr mit einem mexikanischen Staatsbürger verheiratet wäre. Außerdem würde mein Zugang auf QL-Insiderinformationen auffliegen, wenn ich mich von Mateo scheiden ließe. Man teilte mir mit, dass ich meinen Auftrag nicht gefährden darf.« Sie starrte auf den Kaffee, den sie in den Händen hielt.

Trend schwieg lange. Sie schaute weiter auf ihre Hände.

Schließlich blickte sie unter ihren Wimpern auf ihn herüber. Sein Kiefer war geballt und ein Muskel in seiner Wange zuckte. Er krampfte sich ans Lenkrad und knirschte mit den Zähnen. Er war das Abbild unterdrückter Abscheu und Wut. Sie konnte es ihm nicht verübeln. Sie hatte von sich selbst kein besseres Gefühl.

Die Reaktion auf seinem Gesicht erfüllte sie mit

Scham und Bedauern. Sie wünschte, sie könnte die Zeit zurückdrehen und Worte unausgesprochen machen. Da sie es nicht konnte, versuchte sie, durch ein schnelles auf und ab des Beines, die Fahrt zu beschleunigen, was natürlich nicht funktionierte.

Nach einer scheinbar stundenlangen Fahrt beleuchteten die Scheinwerfer endlich das Haus und die große Veranda. Er brachte das Auto zum Stehen und drehte den Kopf, um sie anzuschauen.

»Wo soll ich parken?«

»Unter der Veranda gibt es einen gepflasterten Carport. Dann ist das Auto außer Sichtweite und vor diesen Elementen da geschützt.« Sie zeigte zwischen zwei Ahornbäume. »Man kann es nicht sehen, aber direkt zwischen diesen Bäumen ist ein kleiner Pfad zur hinteren Veranda.«

Er sah sie skeptisch an.

»Vertrauen Sie mir.«

»Okay, Warten Sie mal.«

Sie hielt die Kaffeetasse mit der linken Hand fest und packte den Griff der Beifahrertür mit der rechten, während der Porsche über den ausgefahrenen Weg holperte. Er fuhr ihn unter die Veranda, stellte den Motor ab, ließ aber die Innenbeleuchtung und Scheinwerfer brennen, während er das Display des klappbaren Einmalhandys betrachtete, dass er in Merles Markt gekauft hatte.

»Sie können kein Signal empfangen.«

»Das tue ich nicht. Ich wollte nur sicher sein, dass die Textnachricht durchgegangen ist, die ich Omar vom Parkplatz des Ladens geschickt habe.«

Sie biss sich auf die Lippen. Sie hatte Einwände gegen die Textnachricht erhoben, und es wurmte sie noch immer. »Ein Anruf wäre besser gewesen.«

»Vielleicht, aber ich hatte keine Zeit für ein Gespräch und er geht sowieso nie dran. Ich glaube nicht, dass die Längen- und Breitengradkoordinaten für dieses Haus irgendjemandem etwas bedeuten werden, der es schafft, einen Text auf dem Handy eines DEA-Agenten abzufangen«, erinnerte er sie.

»Ja, das stimmt. Aber warum sind Sie so sicher, dass sie ihm etwas bedeuten werden?«

»Aus dem gleichen Grund, warum Sie sicher sind, dass Ihre Freundin Marielle Ihre Nachricht verstehen wird. Er wird es kapieren.« Er sagte es mit Überzeugung und machte eine Bewegung, um das Licht auszuschalten.

»Sekunde. Lassen Sie es an, bis ich den Ersatzschlüssel gefunden habe.«

Sie sprang aus dem Auto und raste über das Gras zu einem Laternenmast in der Nähe der Verandatreppe. Die Halogenscheinwerfer des Porsche beleuchteten den Rasenstreifen. Sie ging um die Laterne herum und zählte die Steine, die um den Mast herumlagen. Gerade als sie befürchtete, dass ihn irgendjemand weggenommen hatte – Chelsea oder einer ihrer Onkel vielleicht – da entdeckte sie ihn. Grau und braun, verwittert, felsig. Ein perfekt realistischer Stein. *Fast zu realistisch.*

Sie bückte sich, um ihn aufzuheben und drehte ihn um. Sie entfernte den Plastikdeckel, um die Aushöhlung freizulegen, in der zwei Schlüssel lagen. Einer fürs Haus, einer für den Schuppen. Sie legte den Stein wieder an Ort und Stelle und joggte zum Porsche zurück.

»Hab ihn«, rief sie.

Trent langte auf den winzigen Rücksitz, wenn man es überhaupt Sitz nennen konnte, und nahm die Tüten mit den Lebensmitteln. Sie nahm den letzten Schluck Kaffee und streckte die Arme aus. »Ich nehme eine.«

Er reichte ihr eine Tüte und schloss das Auto ab. »Gehen Sie voran.«

O livia eilte ums Haus herum, schaltete die Lichter ein und öffnete ein paar der deckenhohen Fenster, um die stickige Luft und den Modergeruch mit einer Brise der kühlen Nachtluft zu erfrischen. Bei der Erkenntnis, wie sichtbar sie waren, zog er die Stirn in Falten. Das Haus mit der Glasfront war von einem tiefen, dunklen Wald und hoch gewachsenen Bäumen umgeben, aber beleuchtet wie ein Schaufenster in einer mondlosen Nacht. Er spähte durch ein Fenster und sah nichts als schwarzen Himmel, schwarzes Land, schwarzes Wasser. Zumindest erhaschte er einen Blick des silberschimmernden Sees weiter unten.

Niemand weiß, dass du hier bist. In der Ferne zu sein ist gut.

Er ging von einem Zimmer zum anderen und prägte sich den Grundriss ein. Er hielt an einem eingerahmten Foto an, auf dem zwei braun gebrannte Mädchen um die zwölf Jahre alt, abgebildet waren, wie sie von einer Reifenschaukel in den See sprangen und ihre Zöpfe dabei baumelten.

Sie stellte sich neben ihn. »Das bin ich«, sagte sie und beugte sich vor, um auf das größere, blonde Mädchen zu deuten. Dabei kitzelte ihm der Duft ihres würzigen Shampoos in der Nase. »Und das ist meine Cousine Chelsea.«

Er betrachtete das sommersprossige Mädchen mit dem rosigen Gesicht auf dem Foto. »Stehen Sie sich nahe?«

»Ja, denn wir waren die beiden einzigen Mädchen von über einem Dutzend Cousins. Außerdem bin ich ein Einzelkind. Chelsea war wie eine Schwester für mich.«

»War?«

Ein kurzes Achselzucken. »Wir hatten keinen großen Streit, oder so etwas. Wir sind ganz einfach andere Wege gegangen. Und ... sie mochte Mateo nicht.«

Wer würde das?

Er wollte gerade sagen, dass er sie versteht, aber sie wurde wieder ernst und ging mit der Ausrede weg, sie wolle ein paar Handtücher suchen.

Er stellte sich vor, wie es sein musste, durch die eigene Regierung in einer Ehe ohne Liebe gefangen zu sein. Vater Staat hatte ihm einen ganzen Haufen Opfer abverlangt. Aber was Olivia getan hatte, war wesentlich Persönlicher. Privat. Intim.

Einsam — das war das Wort, das er gesucht hatte. Wie einsam musste es sein, wenn man gezwungen wird, in einer lieblosen Beziehung zu bleiben, aus der es keinen Ausweg gibt. Zumindest in diesem einen Punkt war die Implosion ihrer Karriere und das Aufdecken ihrer Tarnung ein Segen gewesen – man hatte sie erlöst. Er fragte sich, ob sie das auch so sah.

Er wanderte durch den Rest des Hauses und fand sie in der großen Wohnküche. Ein Topf mit Wasser kochte auf dem Herd, Soße köchelte und sie hackte eine Zwiebel. Sie hatte eine Stumpenkerze angezündet, die auf der Kücheninsel stand. Das Licht spiegelte sich von der Fensterwand wider und tanzte über ihr Gesicht.

Sie schaute zu ihm hoch. »Ich sterbe vor Hunger, deshalb bereite ich schon mal das Abendessen vor. Ich hoffe, dass Sie Lust auf Spaghetti haben.«

Sein Magen knurrte und er erkannte, dass er schon lange nichts mehr gegessen hatte. »Klingt großartig. Kann ich helfen?«

Er wusch seine Hände in der Spüle und drehte sich voller Erwartung einer Aufgabe zu ihr um.

»Zunächst einmal könnten Sie die Fenster schließen. Es wird recht kühl hier drinnen.«

Er ging den ersten Stock entlang, schloss und verriegelte die Fenster. Er blickte in die Dunkelheit, sah aber nur seine eigene Widerspiegelung. Er runzelte die Stirn und kehrte zur Küche zurück.

»Fertig. Und jetzt?« Er schüttelte das verletzbare, unsichere Gefühl ab, das ihn überkommen war, als er in den dunklen Wald hinausschaute.

»Möchten Sie die Fleischbällchen machen?« Sie deutete mit dem Messer auf das Rinderhack, das Mett und die Brotkrumen, die auf der Küchentheke lagen.

Er wickelte die Ärmel hoch und begann, das Fleisch zu formen. Sie arbeiten schweigend und bewegten sich parallel zueinander, als hätten sie eine Choreografie eingeübt. Sie schob einen Haufen Zwiebelwürfel in seine Fleischmischung und drehte sich graziös um, um den Ofen vorzuheizen. Es war eine gemütliche, häusliche Szene – wenn man der Handfeuerwaffe der CNI-Agentin keine Beachtung schenkt, die sie in Reichweite neben das Schneidbrett gelegt hatte.

Er nickte zustimmend. Zu wissen, dass sie ebenso

bewaffnet und bereit war, beruhigte ihn ein wenig. Sie bückte sich, um einen Weinkühler unter dem Küchenschrank zu öffnen, und hielt eine Flasche Chianti hoch.

»Der steht schon ewig hier, aber er gehört meinem Vater. Er kauft nur gutes Zeug. Was meinen Sie?«

Er begutachtete den Wein und überlegte. Das Letzte, was er in der Nähe dieser Frau brauchte, war, seine Hemmungen zu lockern. Und vom Standpunkt der Einsatzbereitschaft war Alkohol eine schlechte Idee. Es verlangsamt die Reaktionen und macht schläfrig. Aber immerhin hatten sie einen verdammt schweren Tag hinter sich. Ein Glas zum Abendessen könnte die Stimmung verbessern.

Gerade, als er den Mund zum Antworten öffnete, erfüllte das Klirren von zerbrechendem Glas die Luft. Er packte sie am Arm und riss sie zu Boden. Sie kauerten hinter der Kücheninsel und hörten dem Crescendo der zerberstenden Glasscheiben zu. In der Ferne konnte man das Krachen und den Widerhall von Gewehrschüssen vernehmen.

Er blickte sie kurz an, während er seine Waffe zog. Sie schlängelte ihre Hand zur Kücheninsel hoch und schnappte sich die andere Waffe. Ihre blauen Augen blitzten wie Stromstöße, sie neigte den Kopf und versuchte, das Geräusch zu analysieren.

»Es hört sich an wie zwei Leute, die schießen«, flüsterte sie.

Er hielt den Atem an und lauschte. *Krack, Krack.* Der Widerhall überschnitt sich—schneller als eine einzelne Person abfeuern konnte.

»Ja, das stimmt.«

»Wir sollten versuchen, zum Auto zu kommen. Wir sind hier leichte Beute.« Ihre Stimme war ruhig, emotionslos.

Er langte nach oben und schaltete die Herdplatten ab. Das fehlte gerade noch, wenn man das Haus in Brand setzen würde. Sie krabbelte zum Ofen und stellte ihn ab.

»Sie zuerst. Ich gebe Deckung.«

Sie öffnete den Mund, um etwas zu sagen, als sie die Kakofonie aus Schüssen und zerbrechendem Glas durch ein eindringliches Klopfen unterbrochen wurde. Sie riss die Augen auf.

»Da ist jemand an der Hintertür.«

Bevor er sie zurückhalten konnte, rannte sie geduckt zur Schiebeglastür. Sie riss sie ruckartig auf und griff nach draußen, um eine Gestalt von der Terrasse hereinzuziehen. Sie schleppte die Frau in die Küche und drückte sie auf den Boden.

»Marielle Moreau, Trent Mann. Trent, darf ich Ihnen Marielle vorstellen,« sagte Olivia heiser.

Die kleine Frau blinzelte ihn durch eine pinkfarbene Hornbrille an. »Angenehm.« Sie war kreidebleich und ihre Stimme zitterte.

Sie drehte den Kopf zu Olivia und ihr langes,

welliges, kupferrotes Haar leuchtete im Licht. »Du solltest das Licht ausmachen, Liv.«

Sie hatte recht. Er sprang über den Küchentresen und schlug den Lichtschalter mit der Handfläche aus, wodurch der offene Wohnraum im ersten Stock in Dunkelheit getaucht wurde. Dann war es still. Die Schützen luden entweder nach oder sie positionierten sich neu. Er hoffte, sie würden sich nicht nähern.

Er hockte sich neben Marielle. »Konnten Sie sie erkennen?«

Sie biss sich auf die Unterlippe und antwortete: »Nur von hinten. Sie blockieren die Straße zum Haus mit einem großen Pick-up. Sie stehen auf der Ladefläche des Trucks mit Zielfernrohren und diesen Ständern oder was auch immer Scharfschützen benutzen. Sie blickte Olivia hilfesuchend an.

»Höchstwahrscheinlich   Zweibein-   oder Dreibeinstative«, schlug Olivia vor.

»Wie viele? Zwei?«

»Ja. Zwei«, bestätigte sie.

»Wie haben Sie es geschafft, vorbeizukommen?«

«Ich habe sie schießen gehört, bevor ich um die Ecke gebogen bin, also habe ich mein Auto an der Abzweigung, in der Nähe der kleinen Fischerhütte abgestellt und habe durch den Wald abgeschnitten.

»In völliger Dunkelheit?«, fragte er.

»Das Haus ist so hell wie eine Festbeleuchtung. Ich habe es wie eine Motte gemacht und bin dem Licht

nachgegangen. Ich bin nur ein paar Mal gestolpert.«
Sie deutete zerknirscht auf ihre schmutzige Hose.

Marielle Moreau war vielleicht ein Datenfreak,
aber sie war aus solidem Holz geschnitzt. Trent
schätzte Olivias Auswahl an Freunden.

»Ich brauche eine Taschenlampe«, sagte Trent zu
Olivia.

»Nein. Sie gehen da nicht allein hinaus. Das ist
Selbstmord.«

»Ich gehe nicht allein. Omar ist bestimmt nicht
weit. Ich werde ihn an der Fischerhütte, die Marielle
erwähnt hat, abfangen und wir kreisen die Schützen
von hinten ein. Das ist unsere beste Chance.«

Sie presste die Lippen zusammen.

»Schauen Sie«, setzte er fort. »Sie müssen mit
Marielle reden und herausfinden, was zum Teufel hier
vor sich geht. Das können Sie nicht tun, während Sie
wie ein Soldat durch den Wald kriechen und –«

»Und«, unterbrach Marielle, »mich bringen da
keine zehn Pferde mehr raus. Also warum treibst du
nicht eine Taschenlampe für Captain America und
einen Korkenzieher für diesen Chianti auf? 1997 war
ein sehr gutes Jahr.«

Trent kicherte und Olivia warf ihm einen Blick zu.

»Wahrscheinlich ist sie dabei, hysterisch zu
werden. Geben Sie ihr den Wein«, flüsterte er.

Sie fluchte, nickte aber und stand auf. Sie
durchwühlte eine Schublade und öffnete wütend eine

Schranktür. Einen Augenblick später kehrte sie mit einer LED-Kopflampe, einem Batteriepack, zwei Weingläsern und dem Korkenzieher auf den Boden zurück. Sie warf Trent die Lampe mit den Batterien zu.

Er fing sie in der Luft, legte eine Batterie in die Lampe ein und setzte sie auf. Das Gummiband spannte und drückte sich in seine Schläfen, aber zumindest würde es nicht herunterrutschen. Er schaltete die Lampe mit dem Daumen ein und aus, um ihre Funktionstüchtigkeit zu prüfen. Ein helles weißes Licht erfüllte die Dunkelheit.

»Sie hat auch ein rotes Licht«, erklärte ihm Olivia, für die Nachtsicht. Und Sie können zwischen einem Scheinwerfer und einem gebündelten Strahl umschalten.«

»Rot und weiß reicht schon.«

Er passte die Lampe auf der Stirn an. »Perfekt.«

»Wie weit ist diese Fischerhütte entfernt?«

»Etwa vierhundert Meter, vielleicht etwas weiter«, schätzte Olivia.

Marielle nickte. »Das klingt gut.«

Er überlegte. Er erinnerte sich vage an einen Schuppen in der Nähe des mit Büschen bewachsenen Straßenrands.

»Wie viel Munition haben Sie?« fragte Olivia unruhig. Sie klang wie eine besorgte Mutter, die ihr Erstgeborenes in den Kindergarten schickt.

»Eine Menge. Ich schnappe mir meine Jacke auf

dem Weg nach draußen. Meine Taschen sind voll mit tollen Sachen«, versprach er.

Ihre Augen glänzten in der schwach beleuchteten Küche. »Trent—«

Er beugte sich vor und brachte ihren Mund mit einer federleichten Berührung seiner Lippen zum Schweigen. Ein paar Zentimeter daneben tat Marielle so, als hätte sie nichts bemerkt, während sie den Korken aus dem Flaschenhals zog und dabei etwas in Französisch murmelte.

»Sei vorsichtig«, flüsterte Olivia vertraut mit heißem Atem gegen seine Lippen, bevor sie sich zurückzog, um ihm ins Gesicht zu sehen.

»Du hast recht.«, erwiderte er ebenso vertraut. Er nahm noch einmal einen begierigen Blick auf ihr außergewöhnliches Gesicht und verschwand durch die Hintertür in die dunkle, sternenlose Nacht.

14

Olivia drückte ihre zittrige Hand gegen den Mund. Marielle warf ihr einen ihrer typisch französischen Blicke zu und schob ihr ein Weinglas in die andere Hand.

»Du warst also sehr beschäftigt«, bemerkte sie sanft.

Olivia schüttelte den Kopf. Sie *müsste* eigentlich beschäftigt sein. Beschäftigt damit, Waffen zu sammeln, eine Verteidigung aufzubauen, einen neuen Angriff zu planen. Aber sie hatte Elle in diesen Albtraum mit hineingezogen und nun hatte sie zwei Aufgaben: sie zu beschützen und die Information zu bekommen, die sie unbedingt brauchte.

Schritt eins, sie von der Gefahr ablenken.

»Meine ganze Welt steht Kopf, ich stehe unter

Beschuss und ich flirte mit einem Fremden wie ein Teenager. Was ist mit mir los, Elle?«

Ihre Freundin dachte ernsthaft über die Frage nach, dann zählte sie die Punkte mit ihren Fingern auf.

»Erstens, die Schießerei wurde unterbrochen. *Dieu merci* dafür! Zweitens, du befindest dich derzeit in einem Brennofen, der starker Hitze und hohem Druck ausgesetzt ist – natürlich wirst du dich verändern. Drittens, dein Fremder ist ein großer, dunkelhaariger und zweifellos attraktiver Typ. Viertens, es scheint mir, als ob du etwas mehr als nur flirtest, *mon amie.*«

Der Daumen blieb ungenutzt, also nippte Marielle gedankenvoll am Wein und fügte hinzu: »Fünftens, verzeih, wenn ich das so sage, aber dein Ehemann ist ein riesengroßes Arschloch.«

Olivia brach in ein quietschendes, verzweifeltes Gelächter aus. Sie lachte, bis sie atemlos war. Sie lachte, bis sie zu schluchzen begann.

Das gehörte nicht zum Plan.

»Ach Liv, komme her.« Marielle stellte ihr Glas ab und rutschte mit ihrer teuer aussehenden Hose zu ihr hin.

Sie zog Olivia an sich, umarmte sie und streichelte ihren Rücken, um sie zu beruhigen. »Es wird alles gut.«

Sie zog sich zurück und blickte in Elles grüne Augen. »Ach wirklich? Meine Karriere ist im Eimer. Meine Ehe ist im Eimer. Und anscheinend bin ich für den Tod vorgesehen.«

»*Bof*«, sagte Marielle mit Galgenhumor, »Ich spreche von dem stattlichen Fremden. Was dein Liebesleben anbelangt, wird alles gut. Der Rest«, und sie wedelte dramatisch mit den Armen, «der Rest ist jenseits meiner Gehaltsklasse, Liebes.«

Dies war ihr Übergang zu Schritt zwei.

»Okay, also was zum Teufel ist passiert, Elle? Eine *burn notice?* Ich meine, stimmt das?«

Marielle legte plötzlich all die dramatischen französischen Gesten ab, die sie von ihrer *Mamie* gelernt hatte und holte die digitale Targeterin heraus. Sie drückte ihr Glas an die Nase. »Letzte Woche habe ich ein Projekt vom CIMC bekommen.«

»Echt?«, staunte Olivia.

»Ja. Streng geheim. Offiziell war das Projekt für die Einsatzleitung. Aber glaube mir, es war nicht für sie. Es war für das Counterintelligence Mission Center, die Gegenspionage.«

»Es ist unüblich, dass sich die Gegenspionage auf diese Weise an eine andere Abteilung wendet«, gab Olivia zu bemerken.

»Richtig. Es war ein merkwürdiger Auftrag. Und dann wurde es immer Seltsamer.«

»Inwiefern?«

»Heute Morgen wurde ein Gerücht über ein Problem am Western Hemisphere Desk verbreitet.«

»Welche Art von Problem?«

»Man munkelte, dass einer der Agenten, der

außerhalb von Mexiko-Stadt operiert, kompromittiert wurde. Aber weder ein Doppelagent noch ein Spion.«

Olivias Herz rutschte ihr in die Hose. »Ein NOC. *Ich.*«

»Oui.« Marielle hielt inne und setzte fort: «Und dann ergab mein merkwürdiger Auftrag plötzlich ein Sinn.«

»Wieso?«

»Man gab mir eine Karte mit den Pingdaten der Mobilfunkmasten in den nördlichen Bundestaaten von Mexiko und bat mich die Pings aufzuzeichnen und ein Muster zu suchen.«

»Willst du mich *verarschen*?« Olivia dachte, sie würde explodieren.

»Ja. Das ist alles ein gut durchdachter Scherz.« Marielle gestikulierte im Raum herum. »Die Schützen, der heiße, attraktive Held, alle mit von der Partie.«

»Entschuldigung. Mach weiter.« Olivia kämpfte damit, ihre Emotionen unter Kontrolle zu halten.

Marielle tippte sich mit einem manikürten Finger an die Lippen. Olivia erkannte diesen Blick: sie fuhr ein Programm in ihrem Gehirn hoch.

»Also, Mexiko-Stadt war vollständig in blau auf meiner bunten Karte. Die Datenpunkte für die Maste, die ich bearbeitete, waren grün, orange und lila. Aber während ich mir das ansah, veränderte der blaue Datensatz seine Form.«

»Was bedeutet das?« Olivia, die sich ihrer

Intelligenz sehr bewusst war, fühlte sich neben Elle immer ziemlich dumm.

»Ich war mir nicht sicher. Also klickte ich drauf.«

»Und?«

»CIMC hatte aufgehört, mexikanische Funkmaste zu verfolgen. Plötzlich schaltete sich der Feed auf eine U-Bahn-Karte von Washington DC um. Ich verfolgte also den Punkt – ich verfolgte *dich* – *vom* Reha-Center in Capitol Hill. Oh, übrigens, wie geht es deiner *Mamie* Julie?«

Olivia wedelte hilflos mit den Händen. »Ich weiß es nicht. Ich glaube, es geht ihr gut. Elle, was ist passiert?«

»Was passiert ist? Ich habe dich beobachtet, wie du durch das Commonwealth of Virginia gefahren bist. Dann hat sich dieser grüne Klecks an der Grenze von Virginia und West Virginia materialisiert. Ich habe den Klecks angeklickt und er hat mir gezeigt, dass du dich an einer sicheren, nicht auf der Karte eingezeichneten Stelle befindest. Also habe ich mich etwa eineinhalb Kilometer weiter bewegt und kam in die Nähe des Shenandoah Racing Club and Resort.«

Olivia drückte die Fingernägel in ihre Handflächen. Sie konnte es nicht glauben, dass sie von den CI-Leuten überwacht wurde – und dazu auch noch ihre engste Freundin benutzten. »Was dann?«

»Dann ist dein Punkt schwarz geworden, jemand hat eine Burn Notice erstellt und ich habe dich benachrichtigt, dass du dein covcom zerstören sollst, bevor die Notiz die Runde macht.«

»Elle, wenn sie herausfinden, dass du mich gewarnt hast–.«

»Glaubst du, dass mich das stört?« Sie streckte ihr Kinn nach oben. »Ich konnte sie nicht einfach damit davonkommen lassen.«

»Davonkommen lassen mit *was?*«

»Ich habe die Details nicht ausgearbeitet. Aber du bist aufs Kreuz gelegt worden.«

»Aufs Kreuz gelegt, wieso?«

Elle schüttelte den Kopf. »Ich weiß es nicht. Liebes, was ich weiß, ist, dass jemand, der im Unterausschuss für Kommunikation, Technologie, Innovation, und Internet sitzt – wow, das ist aber ein langes Wort – Langley wegen angeblich unzuverlässigen Berichten kontaktiert hat. Das habe ich zumindest über den Flurfunk gehört.«

Olivias Verstand raste in alle Richtungen. Wer? *Wieso?*

»Bevor du fragst, ich weiß nicht, wer.«

»Wie sollte Telecom jemals an einen meiner Berichte kommen?«

»Ich weiß es nicht, aber ich weiß, dass der Abteilungsleiter des Western Hemisphere Desk deswegen in der Tinte sitzt.«

Das sollte er auch.

Bevor sie Elle nach Details ausquetschen konnte,

hörten sie in der Ferne das Gebrumme und Ticken eines Automotors, eine Nuance zu laut durch die zerbrochenen Fenster. Jemand fuhr den Weg um den See herum. Sie kroch zum Fenster, schaute in die dunkle Nacht hinaus und verfolgte den schwachen Schimmer der Scheinwerfer eines Fahrzeugs, das um den See herumfuhr.

T rent joggte durch den Wald und die Kopflampe warf einen roten Lichtstrahl auf seine Schritte. Er hielt ein anständiges Tempo bei, angespornt von Adrenalin und Besorgnis, aber er wagte nicht zu sprinten - nicht in der Dunkelheit, über unbekanntes, unebenes Gelände.

Er verlangsamte, während er durch den Teil des Waldes rannte, der parallel zur Zufahrtsstraße verlief, auf der Marielle den Pick-up gesehen hatte. Alles war still. Die Schüsse waren verstummt. Die Schützen schwiegen und machten keinerlei Geräusche. Er war ebenso still und achtete darauf, dass er seine Präsenz weder durch knackende Zweige noch durch schweres Atmen preisgab.

Er durchsuchte den Wald nach der Öffnung, die zur Fischerhütte führte, von der die digitale Targeterin gesprochen hatte. Olivias Freundin war nicht das, was er erwartet hatte. Sie war ganz anders als all die Datenfreaks, die er kannte. Die meisten wären in der Nähe des Hauses in den Schlamm gefallen.

Als er auf dem Waldweg um die Ecke bog, fiel sein Licht auf ein Fenster, das den Strahl wiederspiegelte. *Jackpot.* Er beschleunigte in einen Sprint, bis er die Abzweigung erreichte. Er duckte sich hinter der Fischerhütte und prustete. *Aber immer doch! Marielle Moreau fuhr einen BMW i3. Und natürlich in Orange.* Vielleicht unterschied sie sich doch nicht *so* sehr von den anderen Datenfreaks.

Seine Erheiterung wurde jäh beendet, als eine dunkle Limousine an ihm vorbeischoss und auf die Stelle zusteuerte, an der der Pickup parkte.

Omar? Bitte lass es nicht Omar sein.

Es gab für Omar keinen Grund, mit Ausnahme von Gewohnheit und Training, dass er sich ohne jegliche Vorsichtsmaßnahmen dem Seehaus näherte. Immerhin hatte ihn Trent von der Möglichkeit eines Überfalls gewarnt. Er holte das Einmalhandy heraus und rief Omars Nummer an, in der Hoffnung, dass das löchrige Funknetz ausreichen würde, den Ruf zu verbinden.

»In zehn Minuten bin ich da«, antwortete er knapp.

Während Omar die Worte ausspuckte, hörte Trent, wie die Limousine zum Halten kam. Er erwartete Gewehrschüsse oder Schreie, aber nichts davon kam. Einen Augenblick später heulte der Motor der

Limousine auf. *Also, wer auch immer in dieser Limousine saß, die Schützen hatten ihn erwartet.*

»Du hättest mich nicht anrufen sollen.« Omars Vorwurf brachte Trent wieder zum Anruf zurück.

»Ich weiß. Aber wie lautete noch das Sprichwort über verzweifelte Zeiten? Egal, auf der linken Straßenseite ist eine Fischerhütte, etwa ein halber Kilometer von der Abzweigung entfernt. Halte dort an.«

»Roger!« *Klick.*

Omar protestierte nicht, fragte nicht wieso, bestand nicht auf Details. Er drückte Verständnis aus und beendet den Anruf.

Und genau *deshalb* rief ihn Trent jedes Mal an, wenn er in der Klemme saß – und nicht nur, wenn er jemanden brauchte, der den Luxus-Oldtimer seiner Schwester unversehrt nach Hause bringt. Es gab nicht viele Freunde in dieser Welt, die das tun würden. Omar war einer.

Jake auch. Zumindest war er es gewesen. Trent zog es in Betracht, dass er sein Verhältnis zu Jake so sehr zerstört hatte, dass es irreparabel ist. Er schnalzte mit der Zunge gegen die Zähne. Er hatte noch Zeit, einen weiteren Anruf zu tätigen, während er auf Omar wartete – erneut hoffte er auf die Gütigkeit des Mobilfunkgottes.

Er tippte Jakes Rufnummer ein, aber die Zahlen pulsierten nur über den Minibildschirm. Nach etwa zwanzig Sekunden liefen die Worte ›*Anruf fehlgeschlagen*‹ über das Display. Er grollte und steckte das Gerät wieder in die Hosentasche. Er würde die Angelegenheit mit Jake später klären. Stattdessen verbrachte er die Wartezeit mit Hin- und Herlaufen hinter der Fischerhütte, dem Zählen seiner Munition und der Überlegung wieviel er Omar über die aktuelle Situation erzählen könne.

Er hörte Omars Motor noch bevor das Fahrzeug in Sicht kam. Er neigte den Kopf in die Richtung, um besser zu hören. Er fuhr seinen SUV. Gut. Sollte es dazu kommen, könnten sie versuchen, sich ihren Weg durch die Straßensperre zu rammen. *Bitte lass es nicht dazu kommen.*

Er trat aus dem Schatten der Hütte, schaltete die Kopflampe ein und richtete sie zum Boden, um Omar nicht zu blenden. Der große SUV rollte zum Halten und Omar ließ das Fenster herunter.

»Tolle Kopfbedeckung.«

»All die coolen Sachen, die die Kids heutzutage tragen.«

»Willst du Wurzeln schlagen oder steigst du ein?«

Trent schüttelte den Kopf. »Fahr hinter die Hütte und parke in der Nähe dieses bescheuerten kleinen Elektroautos. Es gibt eine Planänderung.«

Trotz der schwachen Beleuchtung durch Omars Scheinwerfer und Trents kleiner Kopflampe konnte Trent die Besorgnis und Verwirrung, eine Spur von

Zurückhaltung im Gesicht seines Freundes erkennen. Aber wie es sich gehört, sprach es Omar nicht aus. Er schaltete in den Rückwärtsgang, fuhr dann von der Straße ab und holperte über den festgefahren Schmutz, um an der von Trent angewiesenen Stelle zu parken.

Trent wartete auf ihn neben Marielles i3.

»Ist das aber niedlich«, sagte Omar grinsend. »Kein Auto, das ich mir jemals für dich vorstellen würde, aber ich bin sicher, dass du hinter dem Steuer entzückend aussiehst.«

»Du bist mir ja ne Lachnummer.« Er warf Omar die Porsche-Schlüssel zu, der sie reflexartig aus der Luft fing.

Omar untersuchte den Leder-Schlüsselanhänger. »Das ist Leilahs Logo.«

»Sie hat mir einen fahrbaren Untersatz geliehen.«

»Einer ihrer Porsche?« Er studierte noch immer die Schlüssel.

»Ja, der gelbe.«

Omar zog eine Augenbraue hoch. »Sie lässt dich Marie ausleihen?«

»Ich muss ein vertrauenswürdiges Gesicht haben.«

»Oder meine Schwester ist ein Idiot. Also was ist hier los? Wo ist Marie? Wessen Auto ist dieses kleine Ding?« Er deutete auf den BMW.

»Das ist eine lange Geschichte. Als ich die SMS schrieb, wollte ich dir nur Marie übergeben. Ich dachte, du könntest ihn mir mit meinen Dankesgrüßen zu Leilah zurückfahren und ich würde dir dann später dein eigenes Auto wieder zurückbringen.«

»Ich spüre ein ›aber‹ kommen.«

»Aber die Situation hat sich weiterentwickelt. Je weniger du weißt umso besser ist es – aus einer plausiblen Leugnungssicht. Ich kann aber nicht von dir verlangen, dass du völlig unerwartet und im Dunkeln in ein Feuergefecht gerätst. Hier also die Kurzversion: Ein Kunde von mir wird vom FBI, der CIA und CNI verfolgt. Es ist möglich, dass noch andere solcher Organisationen darin verwickelt sind.«

Omars Gesicht war ausdruckslos. »Ich nehme an, dass er sich nicht schuldig gemacht hat, was auch immer die internationale Geheimdienstgemeinschaft glaubt – oder weiß er nicht, was er zu wissen glaubt? Wir haben es mit einem unschuldigen Mann zu tun.«

»Vielmehr eine unschuldige Frau.«

»Eine Frau.« Omar nickte bedächtig. »Das Bild wird klarer.«

»Nein, nein, so ist es nicht«, protestierte Trent zögerlich.

Omar kicherte. »Nein, nein, natürlich nicht.« Plötzlich wurde er ernst. »Wenn diese Frau eine Kundin ist, warum hat Jake dann kein Team geschickt, um das Auto abzuholen?«

Trent hustete. »Diese Mission ist inoffiziell.«

Ein langer Moment verstrich. »Bist du sicher, dass du weißt, was du tust?«

»Nein«, antwortete Trent ehrlich. »Ich fürchte, dass mir das Ganze über den Kopf wächst. Aber Olivia – meine Kundin – ist auf der Flucht und befindet sich derzeit unter Belagerung in einem Seehaus oben an der Straße. Neben ihr sitzt ein flennender CIA-Zahlentipper mit einer Flasche Wein zum Trost.«

Omar kniff die Augen zusammen. »Das orangefarbene Ding da gehört dem Datenanalytiker?«

»Ja. Sie ist technisch gesehen eine, na ja, eine digitale Targeterin? So etwas Ähnliches.«

»Das heißt also, sie ist klug, aber hat es nicht so mit dem Kämpfen.«

»Richtig. Und als ich ging, hat sie Wein gesüffelt.«

»Ziemlich durchgedreht?«

»*Sehr* durchgedreht. Versteckt es aber gut.«

»Was ist mit dieser Olivia?«

Er zögerte. Er musste es ihm sagen.

»Sie ist ein NOC. *War* ein NOC. Sie haben sie heute zum Auffrischungskurs geschickt. Dann kam eine Burn Notice während wir zusammen waren.«

Omar pfiff, lang und leise. »Und Jake hat den Befehl, sie auszuliefern.«

»Es ist das reinste Chaos. Mann, sie wollten sie in ein geheimes Gefängnis verfrachten.« Er kämpfte damit, seine Stimme stabil zu halten.

Omar verarbeitete die Information. »Und du bist dir *sicher,* dass sie absolut sauber ist?«

»Ja, ich bin mir sicher.«

»Okay, dann lass uns fahren.«

»Da gibt es noch etwas. Zwei Jungs in einem Pick-up blockieren die Straße zum Haus. Sie haben fast alle Fenster gesprengt.«

»Du weißt, wie man eine Party feiert, nicht wahr?«

Er lachte kurz. »Ja. Olivias Freundin sagt, dass sie die Ladefläche des Pick-ups in ein Scharfschützennest verwandelt haben. Ich gehe davon aus, dass du bewaffnet bist?«

»Sie ist im Handschuhfach.« Er begutachtete den SUV. »Willst du zu Fuß gehen oder willst du sehen, was der große Junge hier drauf hat?«

»Gehört nicht zum Geheimdienst, oder?«

Nein, das ist mein Privatfahrzeug.«

»Was hältst du von ein wenig Geländefahren?«

Omar grinste. »Solange du hinterm Steuer sitzt, kein Problem.«

15

O livia kroch durch das Meer von Glassplittern, um durch die Fensteröffnung zu schauen und hielt die schwere, unvertraute Pistole in der Hand. Es war zu früh, um zu erwarten, dass Trent mit Omar zurückkommt. Sie verstand das zwar rational, hoffte aber immer noch.

Ihre Hoffnungen stürzten zu Boden und zerschmetterten wie die Fenster, als sie den Mann und die Frau aus der schwarzen Limousine aussteigen sah.

»Wer ist es?« Elle flüsterte von ihrem Platz auf dem Küchenboden.

Olivia wandte sich vom Fenster weg und antwortete leise: «Glaube mir, ich will es gar nicht wissen. Du solltest dich zurückziehen und auf der Terrasse verstecken, bis Trent wieder da ist.«

»Nein. Ich lasse dich nicht allein.«

»Elle«, zischte sie, »dich hier und jetzt zu finden, ist das Ende deiner Karriere. *Bitte,* ich flehe dich an, geh.«

Elle gab einen Ton des Protests von sich.

»Bitte. Du bist nicht für solche Sachen ausgebildet worden. Das ist *mein* Ding. Ich mache mir einfach nur Sorgen um dich.«

Elle blickte Olivia in die Augen und Olivia sah die Einwilligung über Glanz und Gloria siegen. Während der Ausbildung wurden die Schreibtischhengste gnadenlos gehänselt, weil sie weich waren. Noch schlimmer war es für eine Frau.

Aber die Wahrheit war, dass sie *nicht* für den Nahkampf ausgerüstet war. Es war keine Schande; aber es war eine Tatsache.

Sie nickte, schnappte sich den Chianti am Flaschenhals und schlich sich zur Hintertür. Olivia beobachtete, wie sie den Schieber öffnete und geräuschlos auf die hintere Terrasse ging.

Als Elle draußen und in Sicherheit war, durchsuchte Olivia den Raum nach einem leicht zugänglichen Ort, an dem sie die Handfeuerwaffe verstecken konnte. Da sie keinen fand, überprüfte sie widerwillig die Sicherheit und schob die Waffe in ihren Hosenbund, wobei sie bei dem Gedanken an die schlechte Waffensicherung zusammenzuckte. Aber die Handfeuerwaffe außer Reichweite zu haben, war das größere Übel.

Sie atmete tief ein und rannte zur Tür, während Senatorin Anglins Berater immer noch die Faust angehoben hatte, um sich damit an der Tür Gehör zu verschaffen. Sie hebelte die Tür auf und zog die Senatorin hinein.

»Machen Sie schon«, schrie sie Braden zu, als sie seine Chefin von den Fenstern wegstieß.

Er blinzelte sie belustigt an, trat hinein und schloss die Tür hinter sich.

»Senatorin, was machen Sie denn hier?« Olivia wagte einen Blick durch das Fenster. Die Nacht war dunkel und still. Nicht das geringste Mündungsfeuer, kein Licht oder Lärm jeglicher Art.

Aber sie waren da draußen. Und Trent war es auch.

»Natürlich nach dir suchen«, lächelte Senatorin Anglin liebevoll und nachsichtig. »Ich hatte das Gefühl, dass du hierher kommst. Ich erinnere mich an all diese Wochenenden während des Colleges. Deine Mutter und ich liehen uns ein Auto, schnappten uns ein paar Jungs und ein paar kühle Bier, um uns hier zu entspannen. Natürlich war das alles beendet, als sie deinen Vater kennenlernte. Mensch, wirklich, was waren das für Zeiten, als wir noch Singles waren.«

Olivia biss sich auf die Innenseite der Wange. Diese Frau *war* eine amtierende US-Senatorin, und sie hasste es, unhöflich zu sein, aber es war eine unpassende Zeit, um sich über Erinnerungen zu unterhalten.

Während sie über den am wenigsten unhöflichen Weg nachdachte, ihr das Wort abzuschneiden, sprang Braden ein. Er hatte mit Nettigkeiten nichts am Hut.

»Ma'am, bitte. Die Zeit läuft uns davon.«

»Selbstverständlich.« Sie schüttelte den Kopf. »Du bist in Gefahr, Olivia.«

Sie starrte die Frau fassungslos an. »Als ob ich das nicht schon bemerkt hätte. Wie haben Sie es geschafft, bis zum Haus zu kommen? Sind da nicht bewaffnete Männer, die die Straße blockieren?«

Die Senatorin lächelte wieder. Diesmal fehlte dem Lächeln jedoch die Wärme. »Das sind Bundesbeamte, mein Liebes. Sie werden *mir* nicht schaden.«

»Bundesbeamte? Welche Abteilung?« Sie war schon davon ausgegangen, dass die Schützen von der Polizei sind, aber die Bestätigung zu bekommen, war ein Schlag ins Genick.

Die Senatorin winkte ab. »Das ist nicht wichtig. Wichtig ist, dass du mit ihnen gehst, Olivia. Ich bin zuversichtlich, dass du dieses Missverständnis ausräumen kannst, aber du musst mit ihnen sprechen. Nicht weglaufen. Na, und schau mal. Du bist hier oben eingesperrt und hast keine Kommunikationsmöglichkeit mit der Außenwelt. Was hast du vor? Willst du in einem Kugelhagel untergehen und den guten Ruf deiner Familie beschmutzen? Ganz ehrlich, da hätte ich mehr von dir erwartet.«

Olivia schnalzte mit der Zunge gegen die Zähne.

Abgesehen von dem hochmütigen Urteilston konnte sie der Senatorin nicht widersprechen. *Was* hatte sie vor?

Sie atmete aus. »Der Bericht, den ich übergeben habe, war korrekt. Ich *weiß,* dass die mexikanische Regierung einem Vertrag mit QL für die nördlichen Staaten nicht zugestimmt hat. Ich habe die Dokumente mit meinen eigenen Augen *gesehen.*«

Braden unterbrach. »Also, tun Sie, was die Senatorin sagt. Erklären Sie das Ihrem Betreuer ... oder wem auch immer.«

»Würde ich gerne.«, entgegnete sie. »Aber der Geheimdienst hat eine Burn Notice für mich herausgegeben. Wenn ich einen Fuß nach draußen setze, steuere ich direkt auf ein geheimes Gefängnis zu. Selbstmord durch Polizisten ist im Vergleich zu diesem Ergebnis keine unschöne Option.«

Die Senatorin warf Braden einen Blick zu.

»Da muss etwas schief gelaufen sein ... sie sollten nicht ... ich werde das ganz einfach klären.« Er nahm das Handy heraus.

»Sie haben hier kein Funksignal«, informierte ihn Olivia. »Unten an der Zufahrtsstraße vielleicht. Aber erwarten Sie sich nicht zu viel.«

Er winkte ihren Kommentar ab und schaltete sein Gerät ein.

Wie er will. Soll er doch selbst seine Erfahrung machen.

»Wo ist Mr Mann?«, fragte die Senatorin, während ihr Berater auf seinem Telefon herumtippte.

»Wie bitte?«

»Mr Mann. Der Gentleman vom Potomac Private Services, der bei dir war, als die Burn Notice über den Äther kam, Liebes. Du erinnerst dich doch an ihn? Mr West sagt, er habe nicht eingecheckt. Er ist AWOL – oder das Pendant zum privaten Unternehmen.«

Olivia legte die Stirn in Falten. Sie musste Trent aus der Sache raushalten.

»Er ist nicht hier.« Die Antwort war zwar nicht erhellend, hatte aber den Vorteil, wahr zu sein.

Die Senatorin wartete.

»Er ist gegangen«, fügte Olivia unbeholfen hinzu.

Ein winziger Nasenflügelschlag war das einzige Zeichen dafür, dass Senator Anglin die Geduld verlor. Aber alles, was Olivia brauchte, war eine kleine Enthüllung. Die Senatorin interessierte sich nicht für sie, sie interessierte sich für Trent.

»Erfolg!«, krähte Braden, brach somit die Stille und gestikulierte zum Telefon, das er ans Ohr drückte.

Er hielt einen Finger hoch, machte eine Vierteldrehung, sodass sein Rücken teilweise zu Olivia und zur Senatorin gerichtet war. Er sprach leise und schnell.

Olivia strengte sich an, zuzuhören, konnte aber das Ende von Bradens Gespräch nicht verstehen. Nach einem Gemurmel beendete er den Anruf und wandte sich ihr und seiner Chefin zu.

»Es ist alles erledigt. Ich habe einen Kontakt bei der CIA angerufen. Sie wollen sie einfach nur sehen und eine Erklärung von Ihnen. Ich persönlich garantiere für Ihre Sicherheit.«

Sie schenkte diesen politischen Lügen kaum Beachtung. Sie konzentrierte sich auf das Telefon in seiner Hand.

»Ich kann es gar nicht fassen, dass Sie ein Signal gefunden haben«, sagte sie.

Er runzelte die Stirn, verwirrt über den scheinbaren Wechsel des Themas. »Ja, ich habe eine hervorragende Netzabdeckung. Hören Sie mir überhaupt zu, Ms Santos? Sie können erklären, was passiert ist. Der Geheimdienst ist bereit, Sie anzuhören.«

Sie kniff die Augen zusammen. Das Telefon war etwas größer als die meisten Smartphones. Und auch dicker.

»Hervorragendes Netzwerk? Sie müssen eine phänomenale Netzabdeckung haben. Ich glaube nicht, dass es einen Netzbetreiber in diesem Land gibt, der den Shenandoah Falls Lake abdeckt, Braden.«

Er blinzelte immer wieder und schabte mit seinen Schuhen auf dem gläsernen Boden hin und her.

»Aber ein Satellitentelefon aus der Herstellung von Qīng Líng, mit dem Sie fast überall auf der Welt in

Verbindung bleiben. Und natürlich gibt es Satelliten, die am Himmel über der gesamten Ostküste verstreut sind.«

Sie griff in ihren Hosenbund und zog die Waffe in einer glatten, geübten Bewegung heraus. Sie löste die Sicherheit und richtete die Waffe auf Braden. »Lassen Sie das Telefon fallen.«

Er blickte zur Senatorin, die ein paar Meter hinter Olivias rechter Schulter stand. Olivia nahm ihre Augen nicht von seinem Gesicht.

»Tun Sie was sie sagt, Braden«, sagte die ihr vertraute, heisere Stimme von Senatorin Anglin laut und deutlich.

Braden löste seinen Griff am Telefon und es polterte zu Boden. Olivia ließ einen angespannten Atem aus.

»Gut, und du lässt jetzt die Waffe fallen«, fuhr die Senatorin fort.

»Ich...was?« Olivia begann, ihren Kopf in Richtung der Senatorin zu drehen, als sie den Druck von kaltem, hartem Metall an ihrer Wirbelsäule spürte.

Sie erstarrte. Eine Sekunde später ertönte das laute *Klicken* einer Sicherheit gegen ihren Rücken. Sie schluckte schwer.

»Die Sicherheit ist gelöst, Ma'am. Also werde ich mich jetzt bücken und sie auf den Boden legen, okay? Ich möchte nicht, dass sie versehentlich abfeuert und Ihren Berater trifft.«

»Aber ganz langsam, Olivia. Ich werde keine Sekunde zögern, dich zu erschießen.«

»Ich verstehe, Ma'am.«

Der Druck gegen ihren Rücken verschwand, als die Senatorin die Waffe zurücknahm. Olivia beugte die Knie und hielt ihren Oberkörper gerade, während sie in die Hocke ging und die Waffe auf den Boden legte.

»Die Waffe liegt auf dem Boden. Ich komme jetzt wieder hoch, okay?«. Sie hielt ihre Stimme ruhig und gleichmäßig.

Solange die Senatorin nicht in Panik geriet, konnte Olivia einen Ausweg finden. Dessen war sie sich sicher.

»Ja, jetzt.«

Olivia begann sich aufzurichten und hinter ihr ertönte das Geräusch einer sich entladenen Pistole. Sie warf sich auf den Boden. Warum schoss die Senatorin auf sie?

Eine Nanosekunde später wurde die Haustür aufgebrochen.

Ein dunkelhäutiger Fremder stürzte ins Haus und schrie Braden an, er solle auf die Knie gehen. Olivia rollte auf ihren Bauch und stützte sich auf die Ellbogen. Sie beurteilte ihren Zustand, ihre Ohren klingelten.

Die Senatorin hatte nur einen Schuss abgefeuert und sie musste ihn verfehlt haben. Olivia war unversehrt, bis auf die Glassplitter, die sich in ihre

Handflächen bohrten. Sie drehte ihren Kopf in die Richtung der Schreie hinter ihr.

Senatorin Anglin schrie jemanden an der Hinterseite des Hauses an. Die Schulter der blassgrünen Seidenbluse der Senatorin blühte rot und nass. Sie taumelte, glitt dann zu Boden und zog eine lange Blutspur an der Wand hinter sich her.

Die Senatorin hatte nicht geschossen. Man hatte auf sie geschossen.

Trent erschien im Flur.

»Warst du derjenige, der geschossen hat?«, fragte Olivia.

Trent nickte grimmig. »Sie hat auf deinen Hinterkopf gezielt, gerade als ich durch die Hintertür kam. Ich dachte besser ihre Schulter als Überbleibsel, als dein Gehirn in Einzelteilen auf dem Boden.«

»Du hast gerade eine US-Senatorin angeschossen«, teilte ihm Olivia mit.

»Das ist noch gar nichts«, sagte der Mann, der Bradens Arme hinter seinem Rücken schnürte. »Da gibt es zwei CNI-Agenten, die auf dem Rücksitz meines SUVs verschnürt sind.«

»Sie müssen Omar sein«, sagte Olivia.

»Freut mich, Sie kennenzulernen.« Er nickte und stellte Braden auf die Beine.

Trent zog die Senatorin einhändig auf ihre Beine, wischte die Glasscherben von der Sitzfläche des Sessels in der Nähe des Fensters und setzte sie dort hinein. Olivia schnappte sich ein sauberes Küchentuch vom Stapel in der Nähe des Waschbeckens.

»Hier. Drücken Sie das gegen Ihre Schulter.« Sie legte das Tuch in die Hand der Senatorin und führte sie gegen die Wunde.

Trent drehte sich wieder zur Rückseite des Hauses um.

Olivia sah Omar an. »Passen Sie auf die Senatorin auf? Achten Sie darauf, dass sie nicht in einen Schockzustand fällt.«

»Kein Problem.«

»Danke.«

Sie verließ die Senatorin und starrte auf das Blut, das sich über das Handtuch ausbreitete, und folgte Trent.

Er musterte ihr Gesicht. Durch die Intensität seines Blickes bekam sie eine Gänsehaut.

»Bist du sicher, dass du nicht verletzt bist?« Seine Stimme verfing sich als er die Worte aussprach.

»Alles in Ordnung. Ich schwöre es. Aber die Senatorin braucht medizinische Hilfe.«

»Ich weiß, wir müssen einen Krankenwagen bestellen – und die Behörden informieren. Ich werde zur Straße runterlaufen, um ein Signal zu bekommen.«

»Wir können vom Handy des Beraters anrufen«, sagte sie bitter. »Er hat ein illegales Satellitentelefon.«

»Illegal?«

»Es ist ein QL-Produkt. Es ist ein Verbrechen, eines in den Vereinigten Staaten zu besitzen.«

Etwas funkte in seinen Augen. »Hä.«

»Was?«

»Vielleicht nichts. Aber die Jungs, die deine Panoramafenster als Zielscheibe benutzt haben, sind die Idioten aus der Gasse.«

»Was?«

»Ja. Sie sind ziemlich schnell wieder auf die Beine gekommen, nicht wahr?«

Olivia musterte Senatorin Anglin und ihren Berater. »Man könnte meinen, sie hätten Hilfe gehabt.«

»Mm-hmm. Und das Handy des einen Mannes klingelte, während wir sie im SUV gefesselt haben. Omar sagte ihm, er solle antworten und so tun, als ob nichts wäre. Das hat er dann getan.«

»War es Braden, der ihn angerufen hat?« Einen der CNI-Typen?«

Trent nickte.

Sie begann, das Puzzle zusammenzufügen. »Also arbeitet die Senatorin mit dem mexikanischen Auslandsgeheimdienst *und* QL zusammen. Als ich berichtete, dass die mexikanische Regierung ihr Versprechen einhielt, trotz der wirtschaftlichen Auswirkungen keine QL-Mobilfunkmaste zu errichten, muss QL mit Bestechungsgeldern Maulwürfe in der mexikanischen und in unserer Regierung um Kooperation gebeten haben.«

»Und du standst im Weg, also musste man dich verschwinden lassen.«

»Also haben sie sich eine Geschichte ausgedacht, die mich in Ungnade fallen ließ und die Puzzleteile in Bewegung gesetzt hat, um mich zu ... eliminieren.«

»Oder zumindest ins Abseits zu drängen.«

Sie verstummten. Olivia überlegte, wie nahe sie dem Erfolg gekommen waren. Nach Trents Ausdruck zu urteilen, tat er das Gleiche.

»Nun, zum Teufel«, rief sie schließlich.

»Du sagst es.«

Olivia registrierte eine Bewegung auf der Terrasse und als sie sich umdrehte, sah sie, wie Elle ihr mit einem erhobenen Weinglas zuwinkte. Sie kicherte. Trent folgte ihrem Blick.

»Deine Freundin ist irgendwie anders.«

»Ja, das ist sie«, stimmte Olivia zu. Dann verstand sie plötzlich. »Wir müssen sie von hier wegbringen, bevor die CIA hereinplatzt. Trent, ich kann Marielle nicht mit hineinziehen –«

»Ich hab das schon im Griff.«

»Ehrlich?«

»Ja. Omar muss sich auch rarmachen. Die Beteiligung eines DEA-Agenten würde zu viele Fragen aufwerfen.«

»Was hast du vor?«

»Omar wird Marielle in ihrem kleinen orangefarbenen Auto mit nach Hause nehmen.

Angesichts der Nacht, die sie hinter sich hat und der Delle, die sie in der Chiantiflasche hinterlassen hat, sollte sie sowieso nicht fahren. Er wird seinen Geländewagen mit den CNI-Jungs drinnen hier stehen lassen und einen Freund von uns anrufen, um den Wagen und die Agenten abzuholen. Und ich denke, ich fahre Marie wieder selbst zum Rennclub zurück.«

Sie runzelte die Stirn. »Marie?«

»Der Porsche.«

»Klar, natürlich. Wer ist dieser Freund?«

»Ryan Hayes. Er ist stellvertretender U.S.-Staatsanwalt. Er und Omar sind eng befreundet. Sie sind in derselben Straße aufgewachsen. Er wird dafür sorgen, dass du aus diesem Schlamassel unversehrt rauskommst, Olivia – wir werden alle dafür sogen. Du kannst ihm vertrauen.«

Seine goldbefleckten Augen strahlten vor Sorge, und ihr Herz ballte sich.

»Okay«, sagte sie einfach.

Sie hatte sowieso keine andere Wahl. Aber es war mehr als Verzweiflung: Sie *vertraute* ihm.

Er streckte die Arme nach ihr aus. Sie beugte sich automatisch zu ihm vor. Dann stoppte er. Seine Hand verharrte einen langen Moment in der Luft, bis er die Faust schloss und sie zurückzog.

»Du kommst doch allein zurecht, bis Hilfe kommt? Die CNI-Jungs gehen nirgendwo hin, und ich glaube nicht, dass die Senatorin und ihr Berater Ärger bereiten werden.«

»Kein Problem.« Ihre Stimme klang etwas zittrig in ihren Ohren.

Aber Trent reagierte nicht. Er drehte sich um und gestikulierte zu Omar, dass er ihm folgen sollte, und dann machte er sich auf den Weg, um Elle von der Veranda zu holen. Als sie das laute Brummen des Porsche-Motors hörte, nahm Olivia ihre Waffe vom Boden und ließ sich auf einen Stuhl gegenüber von Senatorin Anglin fallen, um auf die Polizei zu warten.

16

Olivia krümmte sich auf dem geformten Plastikstuhl, kuschelte sich unter die dünne kratzige Decke, die die Sanitäter am Tatort über ihre Schultern gelegt hatten, und drückte ihre Augen vor dem grellen weißen Oberlicht zu. Sie wollte schlafen.

Schlaf war der beste Freund eines Aktivisten – ein ausgeruhter Geist und Körper waren schneller, stärker, besser. Und es gab absolut nichts, was sie für oder gegen ihre Situation tun konnte, außer Ruhe. Also beruhigte sie ihren Verstand, verlangsamte ihre Atmung und driftete in einen schweren, traumlosen Schlummer.

Sie erwachte zum Geräusch der Metalltür des Verhörraums auf, die über das Linoleum gezogen wurde. Sie richtete sich in eine Sitzposition, schob die

Haare aus den Augen und rüttelte sich wach. Die Tür prallte gegen die Wand, und ein glatzköpfiger, gähnender Deputy betrat den Raum, gefolgt von einem großen, breitschultrigen Mann in Anzug und Krawatte. Der Mann, der aussah wie ein Anwalt, der von einer Castingfirma erfunden wurde, umklammerte eine Aktentasche mit der einen Hand und einen Thermobecher Kaffee mit der anderen.

»Ms Santos?«

»Ja.«

Er durchquerte den Raum und schob den Kaffee auf sie zu. »Ich bin Stellvertretender U.S. Generalstaatsanwalt Ryan Hayes. Man hat mir gesagt, dass Sie ihn schwarz trinken.«

Sie starrte auf den Thermobecher aus Metall, als hätte sie noch nie zuvor eine Tasse für unterwegs gesehen. »Wer hat Ihnen ...?« Es konnte nur eine Person gewesen sein. Was bedeutete, dass Trent gesund und munter war. Sie stieß einen langen, erleichterten Atem aus.

Der Staatsanwalt beobachtete sie teilnahmslos hinter seiner Clark-Kent-Brille. Er sah Clark Kent wirklich verdammt ähnlich. Groß, aber sanft. Adrett und ruhig. Es war schwer vorstellbar, dass dieser Typ mit Trent und Omar befreundet war.

Sie lächelte und nahm einen langen, dankbaren Schluck des heißen Elixiers. »Danke.«

»Gern geschehen.« Er wandte sich an den

schläfrigen Deputy. »Art, danke, dass du dich um meine Kronzeugin gekümmert hast, während ich alle Vorkehrungen für sie getroffen habe.«

Art winkte ab. »Nichts zu danken. Das war das Mindeste, was ich für Stan Hayes' Sohn tun konnte.« Er schaute Olivia streng an. »Sind Sie sicher, dass Sie zurechtkommen? Es gab ein ziemliches Durcheinander gestern Abend, als die FBI-Männer in meiner Lobby herumgetobt und gebrüllt haben.

Der Clark-Kent-Verschnitt sagte: »Die bellen alle nur.«

»Also gut. Passen Sie auf sich auf. Bestellen Sie Ihrer Mutter schöne Grüße von mir.«

»Das werde ich. Sie würde sicher selbst gerne mit Ihnen treffen. Am Mittwochmorgen hält sie immer noch Gericht bei May Apple's Dumplings. Gehen Sie doch mal vorbei.«

»Vielleicht mach ich das.« Der Deputy wandte sich wieder an Olivia. »Sie sind frei, Ma'am. Es tut mir leid, dass ich Ihnen keine besseren Unterkünfte anbieten konnte, aber es war dies oder eine Zelle.«

»Ich habe schon schlimmer geschlafen«, versicherte sie ihm, stand auf und streckte sich.

Art schüttelte den Kopf und schlurfte aus dem Raum. Sie wartete, bis die Tür hinter ihm zuschlug, um ihre Frage zu stellen.

»Stimmt das? Ich wurde als Verräterin und Doppelagentin abgestempelt, ich habe zwei CNI-

Agenten angegriffen, war an der Erschießung einer amtierenden US-Senatorin beteiligt, und ich darf einfach so hier herausspazieren?«

Hayes nickte. Seine freundlichen Augen funkelten. »Ja, das stimmt. Ich habe keinen Scherz gemacht – Sie *sind* meine Kronzeugin. Also müssen wir einen sicheren Ort finden, um Sie zu verstecken, bis ich meine Anklagen unter Dach und Fach habe.«

Er sah unscheinbar aus, aber sie begann zu verstehen, dass Ryan Hayes hinter der ›ach, was soll's‹ - Routine eine gewisse Macht ausübte – und davon eine Menge.

»Sicher. Ich freue mich darauf, ihre Felle an die Wand zu nageln.«

»Das Wichtigste allerdings zuerst. Da ist jemand, der Sie sehen will.

Trent.

Sie zischte einen Atem aus. »Er ist hier?«

Ryan nickte. »Er ist im Flur. Trent gerade jetzt irgendwo in Ihrer Nähe zu haben, ist eine *schreckliche* Idee. Aber ihn zur Vernunft zu bringen, wenn er sich etwa in den Kopf gesetzt hat, ist etwa so produktiv, wie einer Katze das Klavierspielen beizubringen. Also gehen Sie raus, ich gebe euch beiden eine Minute. Aber wirklich nur eine Minute.«

»Verstanden.«

Sie raste aus der Tür. Trent lehnte an der Wand. Er hatte müde Augen, war schmutzig und irgendwie noch attraktiver als zuvor. Vielleicht waren es seine Bartstoppeln. Sie stellte sich direkt vor ihn.

»Hallo«, sagte sie in einem Atemzug.

»Hallo, du. Du siehst ziemlich gut aus für jemanden, der auf einem Stuhl geschlafen hat.«

Sie zweifelte daran, aber seine Augen sagten etwas anderes.

»Vielen Dank. Haben es Omar und Elle geschafft?«

Er nickte. »Gesund und sicher. Ryan ist sich sicher, dass er ihre Namen heraushalten kann.«

»Das ist gut. Was ist mit dir?« Sie machte sich Sorgen, und drehte einen Ohrring zwischen den Fingern. »Ich hoffe, dass du nicht in eine Untersuchung hineingezogen, an der mindestens ein Senatsausschuss beteiligt ist.«

»Mindestens einer?« Er legte den Kopf schräg.

»Elle sagte, es sei der Kommunikationsunterausschuss, aber etwas, was die Senatorin gesagt hat, lässt mich denken, dass auch der Geheimdienst involviert war.«

Er schüttelte den Kopf. »Auf keinen Fall.«

»Ich würde mich gerne irren«, entgegnete sie.

»So oder so, es kümmert mich nicht, auch wenn ich in der Untersuchung namentlich erwähnt werde.«

»Aber mich kümmert es.« Sie trat näher und blickte ihm tief in die Augen. »Ich bin dir dankbar für alles, was du für mich getan hast. Du hast mir das

Leben gerettet. Du hast es nicht verdient, mit mir unterzugehen.«

»Hallo, hallo, Sekunde mal. Niemand geht für irgendetwas unter.« Er packte ihre Schultern und senkte den Kopf. »Ryan hat versprochen, dich zu beschützen. Und ich habe es dir gesagt – ich werde es nicht zulassen, dass dir irgendetwas zustößt.«

Die Heftigkeit in seinen Augen stand in krassem Gegensatz zu seiner samtig weichen Stimme. Sie schauderte.

»Ich ...« Zu viele Worte wirbelten in ihrem Kopf herum, zu viel zu sagen, zu viele Fragen und Themen, und sie zog sich zurück, unsicher, wie sie anfangen sollte.

Schließlich benetzte sie ihre Lippen und drückte ihren Mund auf sein Ohr. »Auf Wiedersehen, Trent.«

Wie schon einmal, hakte er ihr einen Finger unters Kinn und zog ihre Augen zu ihm. »Es besteht nicht die geringste Chance, dass das ein Abschied ist, Olivia. Vielleicht ein ›Auf Wiedersehen‹ vorerst, bis Gras über die Sache gewachsen ist. Aber ich habe dich gerade erst gefunden. Du wirst mich nicht so leicht los.«

Sie holte zitternd Luft. Er senkte den Kopf und gab ihr ein erwartungsvolles, warmes Versprechen eines Kusses gegen ihre Lippen, dann schlenderte er den Flur hinunter und ging hinaus.

Olivia und Trents Geschichte geht in *Vernichtet* (*Shenandoah Shadows Novelle 2*) *weiter.* Sofort bestellen!

Versteckte Geheimnisse brodeln in der zweiten Novelle der Shenandoah Shadows-Serie von USA Today Bestsellerautorin Melissa F. Miller.

Trent Mann hatte schon einmal seine Hand ins Feuer gelegt. Jetzt ist er fest entschlossen, sich ... und sein Herz zu schützen.

Trent hätte es besser wissen müssen. Er weiß es besser. Obwohl der ehemalige Navy SEAL noch immer um seine Partnerin und Geliebte trauert, verliebt er sich über beide Ohren in eine verheiratete Frau. Er und Olivia Santos sind zusammen durchs Feuer gegangen. Aber als sie dann auf der anderen Seite wieder herauskamen, erstarrte er zu Eis. Er hat die CIA-Agentin seit Monaten nicht mehr gesehen, nicht, seit sie gemeinsam einen brisanten politischen Skandal aufgedeckt haben. Die Leidenschaft zwischen ihnen war unverkennbar. Aber sobald sich der Staub gelegt hatte, lief er davon, als würde ihn ein Geist verfolgen. Wurde er auch - von mehreren.

Olivia hat ihre eigene Probleme. Ein rachsüchtiger Ex-Ehemann, aufgebrachte politische Feinde und eine aufdringliche Mutter, um nur ein paar zu nennen. Aber sie kann nicht aufhören, an Trent zu denken – und an den gequälten Blick in seinen Augen. Er gibt sich selbst die Schuld an dem hinterlistigen, dschihadistischen Überfall und der Hinrichtung von Carla Ricci. Aber Olivias sechster Sinn lässt sie nicht ruhen, denn sie ahnt, dass diese Geschichte tiefgründiger ist, als Trent zu erkennen vermag. Ihre Eingebungen trügen nur selten und Olivia ignoriert sie nie.

Als Trent erfährt, dass sie mit dem Feuer spielt, eilt er ihr zu Hilfe. Aber ist es schon zu spät, um sie vor den Mächten zu schützen, die sie freigesetzt hat?

ÜBER DIE AUTORIN

USA Today Bestsellerautorin Melissa F. Miller wurde in Pittsburgh, Pennsylvania geboren. Obwohl das Leben und die Liebe sie nach Philadelphia, Baltimore, Washington, D.C. und schließlich nach South Central Pennsylvania geführt haben, ist Pittsburgh insgeheim immer noch ihre Heimat.

Im College studierte sie englische Literatur mit den Schwerpunkten Schreibpoesie und mittelalterliche

Literatur und war nach ihrem Examen schockiert, als sie erfuhr, dass es dafür keine Stellen auf dem Arbeitsmarkt gab. Nachdem sie mehrere Jahre als Redakteurin gearbeitet hatte, kehrte sie zur Universität zurück, um ein Jurastudium zu absolvieren. Sie war eines dieser nervtötenden Strebermädchen, das den Unterricht liebte und immer ihre Hand hob. Sie praktizierte fünfzehn Jahre lang als Juristin, unter anderem als Mitarbeiterin eines Bundesrichters, fast ein Jahrzehnt als Anwältin bei großen internationalen Anwaltskanzleien und leitete viele Jahre eine zweiköpfige Anwaltskanzlei mit ihrem Ehemann, der ebenso Anwalt ist.

Jetzt, angetrieben von Kaffee, schreibt sie Justiz-Thriller und unterrichtet ihre drei Kinder zuhause. Wenn sie nicht schreibt, aber manchmal auch, wenn sie es tut, reist Melissa mit ihrem Mann, ihren Kindern, ihrem Hund und ihrer Katze in einem Wohnmobil durch das Land.

Kontaktieren Sie mich:
www.melissafmiller.com

www.ingramcontent.com/pod-product-compliance
Lightning Source LLC
Chambersburg PA
CBHW032131170626
46808CB00006B/2187